浮生一日

人间后视镜工作室 —————— 编著

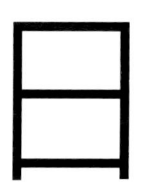

中信出版集团 | 北京

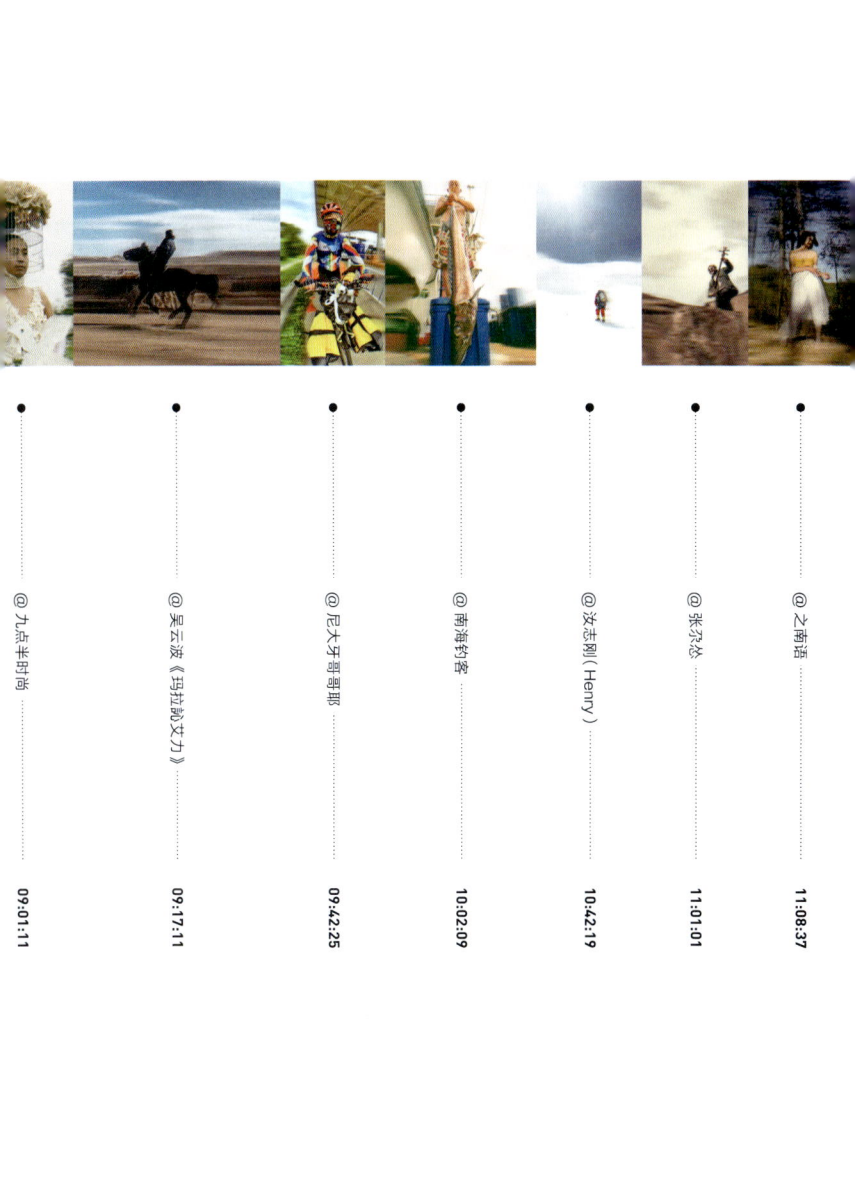

@ 之南语		11:08:37
@ 张汣焱		11:01:01
@ 汝志刚（Henry）		10:42:19
@ 南海钓客		10:02:09
@ 尼大牙哥耶		09:42:25
@ 吴云波《玛拉沁夫力》		09:17:11
@ 九点半时尚		09:01:11

- @愚大海 12:45:49
- @快乐小学堂 12:38:42
- @忘忧云庭 12:30:12
- @放牧快乐【久巴】 12:19:22
- @诺苏高空舞者（阿侬布布） 12:10:47
- @苗族蜡染非遗传承人杨春燕 11:33:45
- @贾喜人 11:19:03

@览表图书室 吴利珠 ……… 16:40:19

@小英夫妻：温州一家人 ……… 16:11:25

@咖啡小姜（教咖啡） ……… 15:30:14

@想瘦瘦666 ……… 15:25:23

@神木爱木李小刚 ……… 15:20:08

@ 大连公交猴哥   07:57:21

@ 通州一叟   07:53:04

@ 有家小店叫童年   07:36:12

@ 女孩养鸽太阳鸽舍   07:12:34

@ 西藏冒险王（记录冰川）   06:32:19

@ 乌喜至.   06:28:26

@ 明静特色生烫牛肉面馆   06:03:51

@ 少林寺释延淀   06:01:11

@ 养马古道背二哥 08:59:56

@ 刘阿楠（嘟嘟） 08:56:52

@ 风雪南极 08:23:06

@ 电台主播韩玉 08:18:17

@ 美猴王阿文 08:08:50

@ 养狼姑娘 08:01:32

@3 锅儿 14:50:31

@ 平衡木笨笨坤 14:32:07

@V 手工~耿 14:10:20

@ 蜘蛛人小秀 13:24:28

@ 飞行员，大马 13:24:12

@ 扎龙生态旅游区元甫 13:15:33

@ 摆货小天才 20:22:19

@ 莫莫在日本 20:15:44

@ 美国卡车司机宝宝 20:02:20

@ 钢琴油漆工董师傅 19:44:15

@ 朝阳律师 19:16:18

@ 嘎哇 19:09:17

@ 姥爷的耀扬 18:53:33

@ 花鸟鱼虫跟我来

03:06:47

@ 水果医生

03:42:57

@ 百草姑娘

04:01:01

@ 徐小米教搭配

04:24:36

@ 勺布斯阿 ········ 05:49:07

@ 彼得大叔董德升 ········ 05:13:29

@ 东极夏雪 ········ 05:11:02

@ 朝阳冬泳怪鸽 ········ 04:57:13

@ 迷藏卓玛 ········ 04:51:11

@ 小镇老金 18:14:41

@ 时尚奶奶团 18:02:33

@ 弹吉他的Miumiu 17:46:31

@ 海嘎小学顾老师 17:16:42

@ 乌晗古丽·钟美美 17:04:30

@ 为梦想燃烧!

22:09:13

@ 折耳根乐队

22:06:08

@ 蔡川

21:47:43

@ 宋运%

21:13:02

@ 孙快快马头琴

21:02:41

@ 用生命守护可可西里 ……… 02:49:42

@ 广西吴恩师 ……… 02:34:57

@ 鱿鱼小仔 ……… 02:17:15

@ 水泥歌手与小淘气 ……… 01:57:07

- @走南闯北的老三　00:14:14[1]
- @代驾频通记　00:28:14
- @小世（外卖哥哥）　00:37:25
- @开船的大椿子　00:51:42
- @DJ板板姐姐（IVY）　01:40:05
- @主持人叶文　01:52:05

1　本书中，此类图片来自于用户的视频截图，此时间为照片中故事真实发生的时间，所有这些时间串联起来对应本书"浮生一日"的主题。——编者注

@朱朱警官 ········ 23:54:03

@接尸人 ········ 23:09:07

@我是DD海洋 ········ 23:05:20

@小景锦鲤运动员 ········ 22:55:07

序言
PREFACE

我的"快手之旅",可分三个阶段。

第一个阶段我称之为"冲击"。快手里有很多视频超越了我的生活经验,会经常令我发出"天哪,这样也行"的感叹。那时我的世界观是受到了挑战的,我在想,快手真是一款谜一样的App。

但那正是我的狭隘所致:你猎奇的可能正是别人的生活日常。这种冲击让我开始反思,我是不是一直活在自己的世界里,做了个所谓的"城市乡巴佬"——那种去过几个国家,见过几个人,就以为自己见多识广,其实没有任何改变,说白了只是活在自己有限的世界里的人。

第二个阶段是"理解"。中国陆域国土面积有960万平方公里,只比整个欧洲小一点。14多亿人生活在这片广袤天地间，这是个什么概念呢？当东北到了 -30℃时，三亚可能还有30℃；西部山区的人民可能一辈子也见不到大海；住在海边的，无法了解沙漠地区人们的生活状态；住在都市狭小天空下的人，很难见到夕阳落在地平线那端，烧红了大地的风景。在这片土地上，各种文化的融合混杂程度之高令人难以想象。

你是否想过，你熟悉的生活经验其实只是少部分人的生活经验，从来不是理所当然？正是快手上广大的用户群体，他们在不同地方，手机一举，忠实地记录下自己的生活和工作，让我开始思考这些"理所当然"。

快手是个平行世界。你看到一位老铁在东北的大雪中打雪仗，下一个视频，另一位老铁可能正在海南玩冲浪；有人在西南边境的玉石市场高声讨价还价，同一时间，你又刷到了上海商场里大促销的画面；凌晨一点，有人仍在开着船，边盯着雷达边喃喃自语，手机的另一端，外卖小哥正对着镜头自拍，不断地鼓励自己。

如果在快手关注的对象够广泛，其实你对"中国"这个概念会有更多不同的理解，那就是：今日我们所享受的生活，没有什么是理所当然的。你会看到，最平凡普通的中国人正在怎样为自己，为家人，为了过上更好的日子而不断努力。每个人都是这个社会的一砖一瓦，你能更深刻地知道，这个巨大的国家到底是怎么运转起来的。

他在山上，你在海边；你看着名山大川的秀丽风景，他看着大城市让人目眩神迷的霓虹灯光；有人在飞机上统揽全局，有人坐着火车线性移动，有人开着卡车穿梭在中国如血脉般的公路上，也有人走着路，靠脚步来丈量中国。

快手上每位用户都很真实；因为真实，所以独特。

出去旅行时总会认识些客栈、小吃店的老板，搭便车的车主，某个小地方不知名的手工艺人，我也会关注他们的快手账号。在视频里又一次看到那些曾出现在你旅程中的人，就好像回到了在一起的短暂时光。他们仍散发着平凡却充满个性的独特光芒，每一种生活方式都值得拥抱。

第三个阶段是"成长"。这几年在快手上，我也见证了好多人的生命故事：有人小车换了大车，小船换了大船；打工的变成小老板，素人成了网红；有猫的又有了狗，忙着恋爱结婚装修的有了孩子；也有人在生命的最后一年仍保持着乐观心态，天天给老铁讲病中的段子……

有快递小哥从磕磕碰碰地练吉他，到现在能流畅地即兴伴奏；有小朋友从练滑板不断摔跤，到现在自信地参加比赛。我为一年时间里每天坚持记录运动过程，减肥成功的姑娘们感到开心，也为瘦弱的小哥坚持锻炼练成肌肉男而骄傲……他们忠实地记录着每天的认真生活。

这就好像是误入他人的生活一般，快手用户看似只是在随手拿起手机一拍，记录日常生活，但时间一长，无形中记录下的人生却像极了一部平凡人物的个人纪录片：他们有最真实的喜怒哀乐，有挣扎，有狡诈，有奋力一搏。每一次在他们身上，我都能看到自己的内心。

我不喜欢用"真人秀"代称快手上的作品，因为那其实是再日常不过的生活状态，是人生小剧场，是生活中的喜怒哀乐。他们不认识我，但这么多年来，我们变得好像是朋友，我的心情会随着他们毫无保留的生活视频而起伏激荡。无论是难过还是开心，视频下面总有很多网友安慰他们，或与他们一同开心；虽在千里外，人与人之间的情感却拉得很近，那是真正的"天涯若比邻"。

快手包罗万象，是个以善意为出发点的App，在它去中心化的主张下，每一种生活方式都值得被看见，每个人都可以去记录分享自己的生活，真实地展现自己。

算法本身没有对错，它既能让你的视野越来越狭窄，陷入信息茧房，只看到你想看到的，也能让你"破圈"，实时看到一个全新的世界。

哲学家罗素说过，须知参差多态，乃是幸福的本源。将技术的力量用于善的方向，会让社会呈现出越发平等和多元的形态，让人们在重新认识五彩缤纷的世界时,也对彼此更为包容。

我们要永远记得,中国有 14 多亿人口,我们无不在行走着,记录着,在某个角落闪闪发光,在各自的生活和工作中,用自己独特的方式诠释着这个时代。

廖信忠

目录 CONTENTS

00:00—06:00

00:00—01:00	夜行者	001
01:00—02:00	寂静的世界	013
02:00—03:00	孤独深处	024
03:00—04:00	深夜医院	035
04:00—05:00	"奥利给!"	046
05:00—06:00	第一缕阳光	059

06:00—12:00

06:00—07:00	清晨的风	073
07:00—08:00	早起的鸽子	087
08:00—09:00	养狼姑娘	096
09:00—10:00	在路上	107
10:00—11:00	上山入海	120
11:00—12:00	石榴与花儿,蝴蝶与T台	130

12:00—18:00

12:00—13:00	天南海北的午餐	147
13:00—14:00	高空中的滋味	160
14:00—15:00	无用爱迪生	172
15:00—16:00	午后的时光	185
16:00—17:00	动与静	196
17:00—18:00	孩子们的宇宙	208

18:00—24:00

18:00—19:00	人生下半场	220
19:00—20:00	准静止锋	231
20:00—21:00	不一样的天空	242
21:00—22:00	好在还有音乐	253
22:00—23:00	活着与生活	262
23:00—24:00	结束也是新的开始	274

- 夜行者
- 寂静的世界
- 孤独深处
- 深夜医院
- "奥利给!"
- 第一缕阳光

夜行者

吉普赛、张珮 / 著

"午夜 12 点不要上北京六环",这是老三给人们的忠告。他很清楚,那时的卡车就像憋了一天的猛兽,正等着在开闸的瞬间饿狼扑食。过了 12 点,当城市逐渐安静下来时,有许多人正在路上。

在中国,包括老三在内,有这样一个庞大的群体。他们每天运载超过 1.38 亿[1]件快递包裹,比如你昨晚下单的裙子,今早在超市里看到的新鲜水果。他们驶过零点的高速公路,驾驶着大小、重量不等的卡车穿过可可西里无人区,也因为他们,每天小区里的垃圾得以清空。

他们就是卡车司机。通常我们看不到他们的身影,但生活却

---

[1] 本书创作时间为 2019 年至 2020 年,部分事件的数据、发生时间或存续时限会发生动态变化。——编者注

因他们而正常运转起来。

根据《中国卡车司机调查报告》中的统计，2018年，中国有3 000万名卡车司机，相当于一个省的人口总量。

2019年，他们因电影《流浪地球》集体出现在大众视野中，最著名的莫过于那句"道路千万条，安全第一条，行车不规范，亲人两行泪"。最后也是他们拯救了地球：地球快撞上木星时，原本已经在撤退的卡车司机，都紧急掉头前去支援。

如果有一群人还可以被称为江湖儿女，非他们莫属。他们的江湖，有苦有沧桑，有浪漫也有生活。当你觉得自己的人生卡住了，可以看看他们。

他们让人想起上中学时的男同学们——他们成绩不好，但又潮又酷，很受女孩们欢迎；后来兜兜转转去做了卡车司机，过年开着大卡车回老家，是一群人里最拉风的一个。

一个东北卡车司机炫耀说，自己开车8年，换了3辆车：第一辆是"捍卫300"，第二辆是"天威380"，第三辆是"欧曼SETA 510"。

他们也是一群人中最见多识广的，长年走南闯北，都是见惯了大场面的人。他们身上有种少见的"江湖大哥"气质，有自己的一手绝活。比如极速转弯玩漂移，比如再长的车也能稳稳地开，比如在滔天洪水中艰难前行。人一会儿在宁夏，一会儿去浙江，偶尔出国去趟东南亚，每年开车走过10万公里，连起来能绕地球两圈半；经常会带些你没见过的东西，比如热带的波罗蜜；还会说一些你只在地理书上见过的地名，什么"格尔木""唐古拉"。他们总是匆匆出现在我们的生活里，比如在快手，比如在过年回家的酒桌上，然后就去远方漂泊。如果说每个男孩都有个江湖梦，卡车司机就是真正活在江湖里的大哥。

其实稍微长大一点就会知道，江湖里没有快意恩仇，有的是生活无尽的重压。卡车司机的生活空间不到5平方米，方向盘右边是厨房，后面是床，平时也睡不够。有个卡车司机跟我说，自己是睡饱了就开，开累了就睡。

累就算了，他们还吃了很多生活的闷亏，时时得提防偷油的贼，还有路人专门碰瓷。有的司机说，以前在路上开着车，一个人过来"咣"地把自行车扔在前头，说"你把我撞了"，接着旁边一群人冒出来不让走，最后赔了那个人3 000元。他们就像取经路上的唐僧肉，谁见了都想咬一口。因为送的货要准时到达，遇到这种事，他们没办法把时间花在找警察上，只能默默接受。而且，他们的工作环境恶劣。有司机诉说，一次去送货，海拔4 000多米，山头的雪终年不化，自己煮面都得用高压锅，有次想抽烟，连打火机都打不着。最难的还是心理上的煎熬：他们要长年累月地面对孤独。老三是快手上粉丝数最多的卡车司机之一。这个秋天他计划从河北沧州出发前往西双版纳,将那里的香蕉、土豆运到西藏,再经由新藏线抵达新疆。等阿勒泰的瓜子、蜜饯准备就绪,他便会贴着中国最北边的国境线一路开向满洲里。深夜,被称为"死亡之海"的罗布泊静得只有机械表走动的声音,老三描述那种感觉,"像被世界遗弃了"。

有位司机说,他去新疆哈密的化工厂运货,一路上开了418公里,基本没见到人,一眼望去都是荒郊野岭,仿佛跟人类失去了联系。而最让他们绝望的,就是孤立无援。2000年冬天,司机撒英年运蔬菜时道路结冰,车滑到坑里了。同行的另一辆车得先赶路,他就一个人守在那儿,裹着被子窝在驾驶室里。那天晚上七八点钟,他听到外面有一对夫妇敲门,打开车门发现他们端着面问他吃饭没,眼泪"唰"地就下来了。

即使生活摇摇欲坠,这些身在江湖的大哥依然能真情实感地热爱生活。

他们风餐露宿,可做菜时一点儿也不含糊。他们用高原的雪水炖鸡,也在西南地区捡柴火烤鸡,还在车里煮火锅。当然,卡车司机对生活的更大一部分热情和温柔,都给了"卡嫂"——跟车的妻子。自己可以站在马路边冲澡,但媳妇跟车,必须整个淋浴,还是有莲蓬头的那种。娶卡嫂时阵仗更大,得用最豪华的车队迎娶。就算平时不在一起,看到好东西,也得买给卡嫂。河南周口开卡车的营哥知道老婆爱听歌，在广州出车时花80元买了个小音响带给她。老婆心疼，说他乱花钱。结果上次回家，他看见老婆在用音响听《两只蝴蝶》，那是他们结婚那年最流行的歌。卡车司机们走过这么多地方，最终都只有一个目的地。有次营哥卸货回家，开了1 500公里，特别开心："再坚持一下就见到心上人了。""心上人"这个古老的称呼，是顶级的浪漫。

卡车司机们就这样在有限的空间里，不断释放强大的生命力和希望。喝一杯，唱一首。在酷过、苦过之后，他们留给生活一个神秘的背影，然后一头扎进生活里。

纪实节目《冷暖人生》里有一个特别动人的镜头。司机载着记者行驶在路上，为了让记者拍得更好看，还特意停车把窗户擦干净，仿佛拿出了自家珍藏多年的美酒，得意地与人分享。然后他继续上路，迎着风晃着脑袋唱："我要人们都记得我，但不知道我是谁。"

深夜12点以后，为了生计奔波的除了卡车司机们，还有代驾和外卖员。

正常来讲，12点过后，代驾师傅郭琦会迎来接单的次高峰时段。"接单比较容易，代驾也满大街都是。"最好的时间是晚上9点到10点半，聚餐的人散了，饭店门口就能趴到活儿。代驾师傅中流传着这样一句话："前半夜遇人，后半夜遇鬼。"12

点的钟声响起，酒精才能在人心里炸出喜怒哀乐。有人会不停地打电话，有人会哭，有人会睡觉，有人会拉着司机吹牛。郭琦带点夸张地说，他入行3年，听过全世界人的鼾声。

这3年，郭琦服务过近5 000名客人，每月工资在12 000元上下浮动。只是，长年晒不到阳光，一日三餐不规律，和朋友们有"时差"，他的生活正越变越窄。"老家人以为你在外边混得多好，却不知道你在外边漂着多苦。"直到这次疫情，郭琦长期赋闲在家，4岁的小儿子才知道爸爸是亲人，不是一个称谓。

这种长期在外漂泊的痛苦，外卖骑手蒋章世也感同身受。为了多接单赚钱，他每天的工作时间会从上午10点一直持续到凌晨4点——一般的外卖骑手午夜12点就收工回家了。

蒋章世拍的视频总是在深夜："兄弟们，如果你现在的工资低于5 000元，生活压力比较大，可以过来尝试和我一起跑美团，至少忙起来的时候，你可以忘记生活中所有的不愉快。"2020年10月第一天，他展示了上个月的订单统计：完成单量1 548单，准时率99.7%，满意度97.8%。他估算，上个月的收入会在

大橙子和丈夫江苏一家三口站在船上看日出，带孩子晒晒太阳、聊聊天　　　　@ 开船的大橙子 / 图

8 000 元至 8 500 元之间。

　　他日常要对抗的是日复一日的枯燥。以前在酒吧做市场经理，他早已习惯了熬夜，疫情后酒吧倒闭，他才转行做的骑手。"送外卖嘛，每天上班十五六个小时，不辛苦不累是不可能的。"蒋章世的一天除了拿餐就是送餐，哪怕生病，也要出去跑一两单。"送外卖绝对不是一个简单的体力劳动，需要乐观主义。"这是蒋章世的日常，也是千千万万个外卖员的真实写照。

　　和在陆地相比，河上的工作也并不轻松。

29岁的大橙子曾与父亲在柴油船上工作了10年，每天在江苏、安徽附近的河道上穿梭。水上生活没有规律，凌晨开船是常有的事。"装货时要熬夜干体力活，卸货后要将留下的残渣清干净。"大橙子将生长在船上的人称为"船民"。2019年，大橙子嫁给了长江上的另一个船民江苏。江苏说，轮船24小时航行不停歇，只有抵达码头才能休息。夜深人静时，船舱里的江苏总会思考这样一个问题："这么忙究竟是为了什么？世界变化这么快，如果有一天离船上岸，我们还能去做什么？"

大橙子第一次独立开船至今，已有8个年头。在内河，她遇到过河水突然退潮的情况，一边吓得浑身冒汗，一边踩油门往前冲。"油门小了就会搁浅。"大橙子说，"水底下的沙子、石子、淤泥都还好，怕的是撞到石头，那样很危险。"在水里，一艘船不仅是一艘船的事儿，要是搁浅了，后面很容易造成追尾事故。冲过去后，很多人对大橙子竖起大拇指："你胆子真够大的！"

"不用查天气和航道路线，白天夜里我都能自己开。"如今的大橙子已经相当有自信。

不是每个人都能这么幸运。江苏的哥哥有一年冬天落了水，找了一夜没找到。一年后，江苏的一个朋友也落了水，直到现在也没找到。

夜行者们奔波在路上，从起点去往终点，又从终点回到起点。

老三从2018年开始拍短视频，到现在已经有两年多。他热情助人，总是为大家科普开长途车要注意的问题；偶尔行侠仗义，在央视为卡友发声，让欠钱的"老赖"赶快还钱。这些让他成了快手上粉丝最多的卡车司机。

他说，开卡车给他带来的最大感受还是自由。做这个行当，说走就走，想去哪里就去哪里，随时都能出发。郭琦也有相同的感受。尽管长年在外漂泊很辛苦，但他说，北京说大也大，从南到北有上百公里，可说小也小，再远他都能骑回来。

（部分内容引自新世相《这可能是中国最野的一批男人》）

2020/08/17
00:14:14

老三

@ 走南闯北的老三

如果说每个男孩都有个江湖梦，
卡车司机就是真正活在江湖里的大哥。

2019/11/12
00:28:14

郭琦

@ 代驾骑遇记

入行 3 年，听过全世界人的鼾声。

2020/10/06
00:37:25

蒋章世

@ 小世（外卖哥哥）

送外卖绝对不是一个简单的体力劳动，
需要乐观主义。

2018/08/31
00:51:42

大橙子
@ 开船的大橙子

不用查天气和航道路线,
白天夜里我都能自己开。

00 00-01 00
夜 行 者

寂静的世界

叶三 / 著

2020年11月15日凌晨一点,西北的高原上月朗星稀。住在宁夏固原市的桥中仪刚刚录完一首歌,更新了自己的快手账号。

桥中仪的快手账号叫"水泥歌手与小淘气",是3年前申请的,现在有了47 000多粉丝。账号里的内容,有些是他和媳妇在家乡的土豆地、苞米田中对唱情歌,有些是他独自跟着音乐蹦迪,还有些是他在出租房里的调音台前跳舞,是他自己发明的那种自由又有点笨拙的舞步。

桥中仪从小爱唱歌。婚后,本来五音不全的媳妇也受他影响,爱上了唱歌跳舞。他说:"我是扛水泥的,老婆比我小很多,我叫她'小淘气',所以我的ID是'水泥歌手与小淘气'。"

桥中仪结婚那年30岁,媳妇比他小整整一轮,两人都是固原市下辖的西吉县的本地人。媳妇的亲妈死得早,她是被后娘带大的，从小缺吃少穿。桥中仪很心疼这个小媳妇。

婚后，夫妻俩在固原干水泥装卸，一干就是十几年。他们有两个孩子。儿子今年18岁，上高中，女儿15岁，上初中。两个孩子都在固原市住校，他俩就靠扛水泥养大了孩子们，又供他们上了学。

新冠疫情暴发后，固原市的水泥装卸工好长一段时间没活儿可干，到了夏天，才慢慢恢复过来。

"水泥歌手与小淘气"的账号里有夫妻俩卸水泥的视频。媳妇在车上，用两条钩子钩住水泥袋的角，一甩，趁着巧劲，往丈夫的肩膀上一搭；桥中仪低着头，颠一下，调整好姿势，头也不用回，就稳稳地背着水泥开步走了。

除了水泥，他俩也卸化肥。年轻的时候专门卸大车，一车是40吨，一挂是60吨，最多的一天，两口子卸了4个车1个挂，一共200多吨。那时候桥中仪30多岁，现在他年纪大了，而装卸工大都二三十岁，桥中仪有点儿力不从心。

这一天早上9点，桥中仪夫妻起床了。妻子从外面买回来几张饼子，炒了个土豆丝。吃完饭夫妻俩就上工，从上午一直干到晚上7点钟，中午吃的是从家里带来的饼子和土豆丝。

晚上收工的时候，气温降到零下十几度，桥中仪和妻子还穿着普通的棉袄。桥中仪说，羽绒服太贵了，他们买不起。两人在夜色中肩并肩地走回出租房去。这算是收工很早的一天，一个月里，桥中仪夫妻大概有一半的时间需要在夜里干活——晚上来了水泥车，工人们得连夜卸车，在手提灯昏暗的光线下一直干到夜里两三点。

但今天，桥中仪比较轻松。吃完晚饭，收拾好桌子，桥中仪把自己的宝贝设备摆好。他拿出歌本，那是他手写的，里面是他喜欢的歌，有舞曲、军旅歌曲和各种老歌。听到喜欢的歌，他就下载到手机里，跟着自学。和小时候一样，一首歌听上三四遍，他就能唱下来了。"现在有了手机，比以前方便多了。"

桥中仪手机里的上一条录音是女儿唱的歌。他说，儿子特别喜欢弹唱，可是"他的声音不行"。女儿不喜欢唱歌，但声音偏偏特别好。两个孩子都看过父母拍的歌舞视频，看完说："爸爸妈妈真厉害。"

把手机架在桌子上，桥中仪准备好了。他今天要录的曲目是《一半是雨一半是你》，"我都练了好几十次了"。

而在距离固原市2 000多公里的黑龙江省哈尔滨市，凌晨1点，叶文爬了起来。她是被闹钟吵醒的——她抄起手机，卡准时间，给前几天放进购物车的商品结账。这几天正值购物节，她趁着便宜给家里添置东西，大部分是给孩子抢购的衣物和玩具。

今年叶文40多岁，她的王牌广播节目《叶文有话说》已经播出了15年。作为一档咨询类节目,《叶文有话说》的形式是,叶文在电台接电话,实时回答观众的提问。大多数提问都是关于情感和家庭的。外界评价叶文"快人快语,睿智辛辣",这是客气话——叶文一度被称为"黑龙江上空最狠的声音"。

十几年前,叶文的强势、理性和勇于表达显得非常突出,甚至有些不合时宜,引起过很多争议。但随着社会进步,她越来越被大众接受和喜爱。媒体更新换代的速度超乎想象,到现在,直播和短视频已成为最主要的传播形式,叶文也早在几年前就开设了快手账号,经营到现在,已经拥有了超过250万粉丝。

跟传闻不一样,叶文没离过婚,她的婚姻一直很幸福。她的生活极其规律,早上6点钟准时起床,给全家人做早餐,早餐必须要有坚果、牛奶、谷物面包和肉。3口人吃完早餐,叶文跟丈夫一块送儿子去上学,在校门口一定要亲一下儿子脸蛋,再从学校走回家,这是叶文每天锻炼身体的方式。上午打扫房间,看一个小时的书,接着就是在快手上直播,她已经养成了习惯。下午2点去上班,4点半的时候进直播间,6点多下了节目就回家陪孩子,吃饭、弹钢琴、讲故事,全家一起玩。晚上9点之前,她安排儿子入睡,然后追追剧看看电影,10点多钟睡觉,基本天天如此——除非要买东西。"不早点睡觉,头会秃啊!"她说。

许知远曾说,叶文,你就像个孩子一样,总在努力让别人接受你的观点。叶文自己反省，年轻的时候为人本真、心高气盛，确实特别喜欢争论，喜欢把性格中强势的一面表现出来，但现在不是这样了。"现在是什么呢？现在是，你可以选择自己的生活道路，我的观点只是一个建议。我觉得这种温和的态度，让我的表达正向更有说服力的方向发展，这是我想要的。这是一种成长，让我能够帮助更多的人。"

与十几年前一样，人们给电台或者短视频平台留言、写信、打电话，咨询的大多仍然是情感问题，但是人们的情感模式和思维模式都在变化。叶文说，在刚开始做节目的那几年，话题集中在家暴和出轨；而近几年，随着女性意识的觉醒和壮大，"新的情况是这两年休夫和想要休夫的女性越来越多"，还经常听到"年轻人对婚姻和生育的抗拒"。

15年来，《叶文有话说》获奖无数，在业内以及全社会范围都有深远的影响。叶文说，它丰富了她的生活和见识，让她更多地认识了人性。"我觉得它让我成长：不光是业务上的，对我自己本身也是。"

但是今年，叶文考虑停掉《叶文有话说》。一是长时间的同质化工作让人疲惫，还有就是媒体形式转变带来的冲击，大量劣质内容让好东西湮没在海洋中。可是，她割舍不下听众的信任和期待。

更重要的是，这档节目不仅是她的事业，还是她的人生。

从哈尔滨出发，行驶1 000多公里，可以到达山东滨城。凌晨1点，正是DJ板板姐姐开始工作的时候。她的打碟时间为60分钟，一般是1点到2点。那时候，酒吧最热闹。

打碟远没有看上去那么容易，要比"跟着音乐扭一扭"复杂得多。DJ需要时刻观察现场观众的反应，调整曲风，挑着音乐打碟：有的是混音，有的是接歌，不同的音乐有不同的接法，有不同的接歌点，60分钟需要接三四十首歌。除此之外，配合音乐，DJ还要用舞蹈动作带动现场气氛，是强度很大的脑力劳动加体力劳动。

板板姐姐很年轻，今年不过24岁。她从小喜欢唱歌跳舞，一直想做歌手，但是她发现自己没法在舞台上演唱。"人多的时候会紧张、怯场，张不开嘴。后来发现DJ特别帅，于是选择了做DJ，因为打碟的时候，我就没有那么怯场。"

六七年前，在滨城的一家酒吧，板板姐姐认识了她的DJ师父，跟着师父和师兄学习打碟，进入了这个行业。那时正值她的青春叛逆期，她从高中退了学，又上了技校，还是学不进去，最后铁了心不再上学。爸妈反对了一阵，最终也拗不过她。

2013年2月，在山东东营的一家酒吧，板板姐姐第一次上台打碟。其实那时她才学习了两个月，但学得很快。师父突然通知她现在可以实习了,"明天就得过来"。她一下紧张了,问师父能不能缓两天,"不行,必须得过来"。

板板姐姐去了。实习 DJ 只打半个小时,而且是酒吧要结束的最后半个小时,但她还是紧张得不行。在初学 DJ 的那个年代,机器还很老旧,板板姐姐学的是"先锋100",但其实那时数码打碟已经开始流行了。上了台,要直接打数码,她看不懂,师父不断过来帮她看音乐。她自己紧张得胳膊都伸不开。

那个时候,看到在台上特别释放的歌手,她就想着以后要像他们一样,"Hold 住全场"。当时板板姐姐的理想是做一名嘉宾 DJ——驻唱 DJ 是演出场所雇用的,而嘉宾 DJ 则是众筹邀请,收入比驻唱 DJ 高出数十倍。

一晃到了 2020 年,板板姐姐的理想早已实现。在这一年的 PYRO 百大比赛中,她拿到了第 43 名,这是一个非常不错的成绩。现在她每个月只接 8 场嘉宾 DJ 工作,其余的时间就宅在家里,睡到下午三四点才起床。起来收拾收拾,之后是直播时间,然后看看剧、听听歌,晚上工作打碟。然后就是休息,陪爸妈。

8 场工作看起来不多,实际上还是很辛苦。因为场地遍布全国,往往需要一天换一个城市,大部分时间都在路上奔波。板板姐姐说,"很累",但她享受在台上打碟的那种感觉。

2015年,板板姐姐注册了快手账号。其实在那之前,快手上早就有了她打碟的视频,不过都是别人发的。DJ 台后面的板板姐姐自信、靓丽,十分引人注目。"打碟的时候全酒吧的人都在拍我。"板板姐姐发现,发她视频的账号比她本人的粉丝还多,心想这可不行,于是工作的时候就把手机立在一边拍,然后自己发。第二年,板板姐姐的视频频繁成为热门,"热门视频一扒拉就能扒拉着我",粉丝猛涨。

2020年是板板姐姐玩网络的第五个年头。"我的粉丝就是靠视频上热门一点点积累的,跟他们待在一起好像是习惯了,已

板板姐姐在北京工体 CL 酒吧休息室给粉丝签名,粉丝自己拿了一支口红　　@DJ 板板姐姐(IVY)/图

经成为我的一部分了。"她也已经很习惯用短视频和直播的形式与粉丝们交流，尤其在因疫情而封锁的那段时光。要说变化，她说，最大的感觉是刷礼物的"情怀大哥"越来越少，电商越来越多。

疫情平息后的秋天，娱乐业逐渐复苏，板板姐姐又忙了起来。现在她的理想是开一家小酒吧。"其实我也是从一个普通DJ努力了这么多年才有现在，"她说，"我热爱这个工作。"

半夜2点，板板姐姐关掉DJ台。酒吧里的客人们余兴未消，但她要下班了，家在召唤着她。

此时，在固原，"水泥歌手"和他的"小淘气"已经睡得很熟了。他们小小的房间里，炭火炉散发着热气。严冬将至，一年的水泥装卸工作也即将结束，之后便是农闲时节，夫妻俩将有更多的时间去歌唱。在哈尔滨，叶文买完东西，顺便想了想第二天的工作。然而很快，她又倒头睡去，毕竟夜已经很深了。

这是辛劳、完足的时刻。

**2019/06/14
01:40:05**

板板姐姐

@DJ 板板姐姐（IVY）

打碟的时候全酒吧的人都在拍我。

**2019/09/05
01:52:05**

叶文

@ 主持人叶文

你可以选择自己的生活道路，
我的观点只是一个建议。

01:00-02:00
寂静的世界

2020/05/24
01:57:07

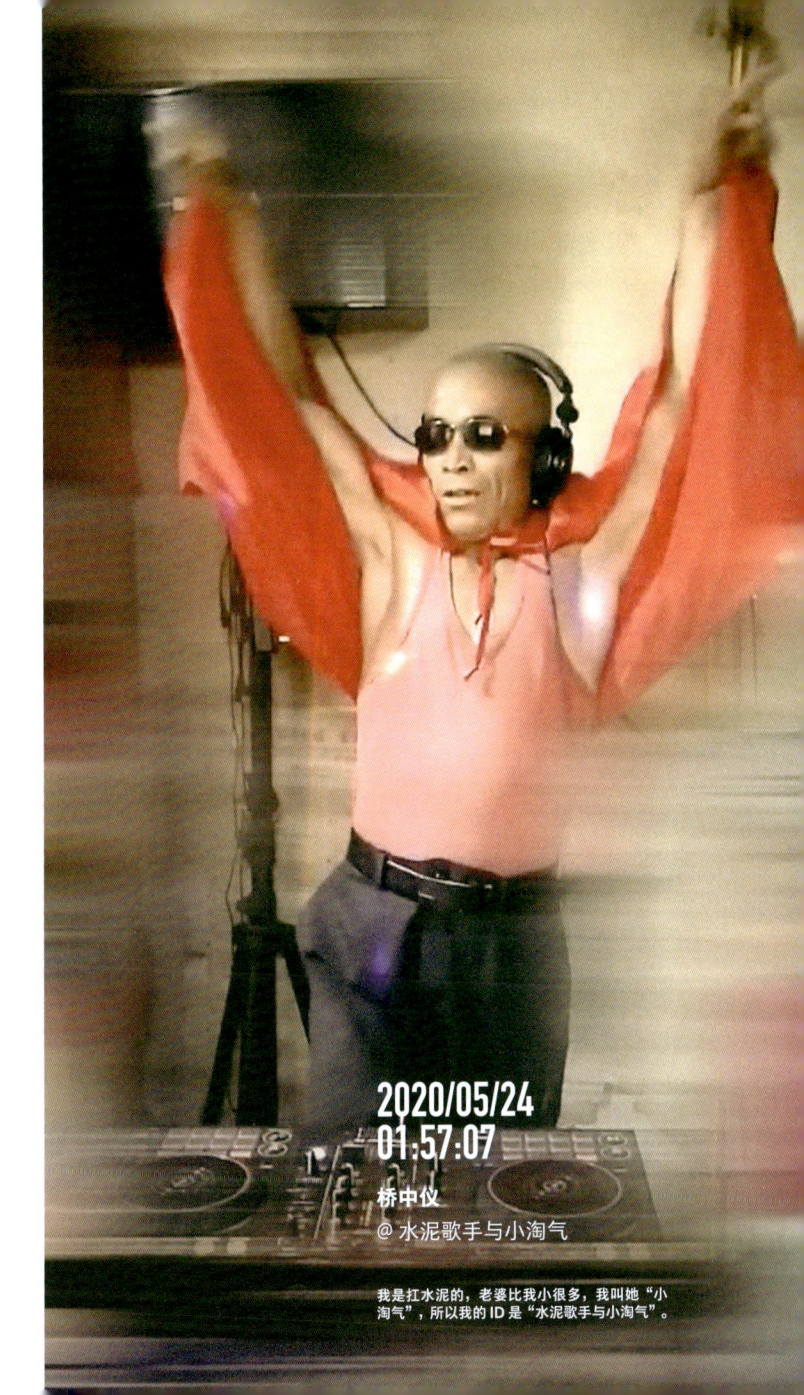

桥中仪

@ 水泥歌手与小淘气

我是扛水泥的,老婆比我小很多,我叫她"小淘气",所以我的ID是"水泥歌手与小淘气"。

孤独深处

吉普赛、高龙、华明 / 著

在南太平洋钓鱿鱼的日子里,王洪春已经习惯了日夜颠倒。2点以后的漆黑深夜,当他站在甲板眺望远方,钓鱿船的灯火便如繁星低垂,闪现在平静的海面上。

那是在秘鲁附近的公共海域,没有手机信号,他每隔半年往家里打一次卫星电话。船上没有上班时间,有鱼就干活,没鱼就休息,工作时间最长的一次,王洪春46个小时没睡觉。大海模糊了时空的概念,他只知道那里生活枯燥,无论怎样呐喊都得不到回应。

王洪春说,离开陆地的人,心里多少都有点过不去的事。他有个同事,叫老许,已经在船上待了18年。他不用手机,不知道当下流行的社交软件,也不喜欢下船。"我们觉得单调,他觉得是一种解脱。"

王洪春今年 27 岁，在陆地上的生活并不如意。他出生于四川绵阳的农村，初二辍学，之后去外地打工，数年后回家开养鸡场，赔得血本无归，和妻子离了婚。在摇晃的渔船上工作，与其说是逃避失败，不如说他是在寻求人生的出口。

"出海的都想出去多赚点钱，都是拼命地干。"王洪春说。钓到鱿鱼才算公司资产，钓到其他鱼就自己吃掉，或者卖给其他公司。

关于凌晨，王洪春记忆最深的是曾钓到过一条 300 斤重的金枪鱼。那天临睡前，他布置了一条筷子粗的钓鱼线，一端通过窗户连接到卧室的床上，另一端拴着瓶子。半夜他被瓶子的摇晃声吵醒，他知道，鱼上钩了。在一名印尼船员的帮助下忙活了半个小时，他们终于把鱼拉了上来。鱼身划破了，不好卖，于是王洪春和船友分享了战利品，他也因此换得了别人的香烟和火锅底料。

在海上，白天尚能看到成群的海豚在渔船附近嬉闹，到了夜晚，无法纾解的痛苦便会如影随形。飘荡 300 天后，王洪春决定回到岸上。渔船在秘鲁港口城市卡亚俄进行维修保养时，他收到了家里的消息。前妻快要结婚了，孩子由谁抚养变成了当下必须解决的问题。王洪春原先签了 2 年的合同，若中途违约回家，他只能拿到 2 万多元钱。但他顾不了那么多了，登上一艘运输船回到了家乡。

"回家时人好像解脱了一样，我今后不打算出海了。"王洪春没有经历那种命悬一线的瞬间，对他来讲，出海只是尝试了生活的另一种可能。夏天时，他进入一家捕鱼公司从事船员招募工作，有人在网上问他船员生活如何，他没说薪酬和困难，先反问道："为什么要上船？"

　　人的孤独有时并不蕴藏在波澜壮阔的故事里，它或许就是普通人油盐柴米的日常。在深圳大排档唱歌的吴恩师没有上过船，他生活在歌声与人群里，依然感到漂泊无依。

　　"我能感觉到快乐吗？一个人孤独地在这边。"吴恩师说。每晚八九点他背吉他出门，凌晨三四点收工。2点到3点时，他正在大排档的油烟味里唱歌。有些店主怕楼上租户投诉，会让吴恩师适时放低音量。顾客花30元钱点歌，吴恩师唱得轻了，他们会埋怨他唱得不好。

　　吃夜宵的地方，什么人都有。有人要求免费听他唱，有人每次都要求"买一送一"；有些人是想活跃气氛，有些人是喝到微醺了。《一生所爱》《海阔天空》《我的好兄弟》这几首顾客常点的歌，吴恩师唱得很熟练。

　　昼伏夜出，吴恩师在大城市没几个朋友，能打招呼的也就是几个觅活的代驾司机。"死在出租屋都没人知道。"他常开这种不吉利的玩笑。他现在租住在一个每月 1 000 元的房子里，父母和妻女都在广西老家。吴恩师 21 岁就离开家乡到广东了，在东莞的工厂里打过工，做过投递员和食品销售。不过这些事，他都没那么喜欢。他最享受的还是以前下班后一边冲凉一边在贴满瓷砖的浴室里唱歌。浴室里有回音，是天然的混响。

深夜唱歌，吴恩师偶尔会因"扰民"而被暴力对待。他被丢过鸡蛋，被泼过两次水，被扔过矿泉水瓶和啤酒瓶。年轻时，吴恩师也试过以歌手身份进入更主流的市场，比如去酒吧应聘。不过每次都被拒绝了，有些人告诉他："你唱得挺好，只是风格不适合酒吧。"2016 年 6 月 15 日晚上，吴恩师决定去卖唱。他在一个周围有运动器材和装修材料店铺的小广场上唱歌，赚了140 元钱。第二天他去老地方搭场子，被城管轰走后，他转战大排档。

吴恩师现在没什么宏大的生活理想，对他而言，日子就是在一个一个凌晨延展开的。有一次，吴恩师在快手上传了《离别》的演唱视频。他配上了一段抒情的文字："2003 年，我在广东东莞工厂食堂，电视音乐频道每天都播这首歌。当时好像是发信息点歌，不知当时的你听到这首歌时在做什么，或者有怎样的故事。"

在距离东莞将近 3 000 公里的青海玉树藏族自治州，在可

2019年夏天，河水上涨，水虽说不算深，但水下有沼泽。在巡山路上，才索加和同伴为了过河，用千斤顶把车从河中央顶到对面

可西里的才索加自8岁起心中就有一座"精神灯塔"——因保护可可西里而壮烈牺牲的索南达杰。2004年，以索南达杰为原型的电影《可可西里》被搬上荧幕，才索加深受震动。"他被枪打中的一瞬间，我就感觉这个人特别伟大。当时我便在心里默默地想，长大以后我也要去干这样的事。"

2015年，到可可西里管理处工作后，才索加过上了一种与世隔绝的生活。每年5月到11月，是工作人员大规模巡山的日子。为防盗采和盗猎，他们会在太阳湖边安营扎寨，两顶帐篷用来睡觉，一顶帐篷用来做饭。深夜的荒野有太多人类无法掌控的事。

2020年的第一天，才索加便是在野外度过的。他记得那是凌晨2点，路途太远，天又下起了雪，队员们没能赶回保护站。室外气温降到了零下20℃，他们就地煮了泡面和肉。

"我无法用语言形容在山里有多艰苦，除非你跟我进一次山。只有那样，你身上发生的事和我身上发生的事才是一样的。"才索加说，"艰苦就是艰苦，无聊就是无聊。"

夏天，109国道旁的保护站时不时有游客到访；到了冬天，生活就只剩下无边的寂寥。"在保护站值班时都不敢看我们手机上的日期，因为看了反而感觉过得更慢。"才索加说。

设施简陋，物资匮乏，可可西里的一切都很熬人。冬天，周围都是冰冻的荒原，才索加每隔3天要去70公里外的不冻泉取水；每隔半个月轮班时，工作人员才会从格尔木带来蔬菜和肉。巡山的夜里睡不着，他偶尔也会想，要是现在有张床该多好！巡山时没有电，没有信号，手机就是一块没用的砖，队员们只能靠聊天打发时间。讲到最后故事聊空了，大家只好干瞪眼。

在夏天，才索加会去可可西里腹地的太阳湖边蹲点。在那里的夜晚，他遇到过进厨房偷吃东西的野熊，也在回程途中遇到过真实的危险。先是两辆车同时陷入泥坑，然后是两辆车的发动机同时因为泥浆而损坏。距离保护站还有300公里，有狼、熊等

2020年冬天,大雪封路,才索加和同伴用铁锹挖出通道

各种野生动物出没;更糟糕的是,卫星电话也出了故障。等待救援的3天里,才索加绝望了。他羡慕天上的云,心想要是自己也能往别处飘该多好;他羡慕会飞的鸟,心想要是自己也有翅膀该多好。他想,出去后就辞职不干了。

队员们都感觉自己被遗弃了,因为失眠,他们想到了各种糟糕的结果。3天后,救援车终于到了。看到远处的灯光时,他们掉下了眼泪。

得救后,才索加掉到谷底的心又被捡了起来。他说:"有些人为了可可西里献出了宝贵的生命,我为什么会被这小小的困难难倒呢?"

如今在可可西里陪伴才索加的,除了两位同事,就只剩下9

只小藏羚羊。母羊被狼吃掉或者小羊走散后，工作人员会以人工饲养的方式将小羊养大，之后再把它们放回大自然。才索加每天要给小羊喂三四顿牛奶，然后等小羊喝奶时舔他的衣服。小羊会靠着气味记住这个人，才索加说，这是可可西里漫长的孤独里最温馨的时刻。

**2019/09/07
02:17:15**

王洪春
@ 鱿鱼小仔

离开陆地的人，心里多少都有点过不去的事。

02:00-03:00
孤独深处

**2019/06/22
02:34:57**

吴恩师
@广西吴恩师

他生活在歌声与人群里，
依然感到漂泊无依。

2018/10/16
02:49:42

才索加
@ 用生命守护可可西里

设施简陋,物资匮乏,可可西里的一切都很熬人。

02:00-03:00
孤独深处

深夜医院

孙薇 / 著

半夜3点多,气温接近零度。李莉莉回到刚建成的工作区,那是一个2米宽、3米多长的白色集装箱。一盏白炽灯挂在头顶,灯下方很明亮,狭窄空间里的其他地方仍然昏暗。

这一晚,办公设备只有两台电脑,李莉莉坐在纸箱装的抗疫物资中间,开始录入第一批33位患者的资料。

通顺大道和东荆河之间的沌口方舱医院由闲置工业厂房改建而成,面积约为6 100平方米。2020年2月16日凌晨3点,来自黑龙江省宁安市人民医院循环呼吸科的35岁年轻大夫李莉莉和同事抵达武汉。两天后,他们成为第一批进驻这间方舱医院的医疗人员。

不熟悉武汉话的李莉莉是当晚唯一的医生。晚上10点多,医疗人员抵达后,病人陆续进入,这间方舱医院接收的是身体状态尚可的轻症病人。

李莉莉忙着询问病史、病症，检测生命体征，看片子，记录医疗过程，等回到紧挨病房的办公区录入患者资料时，刺骨的冷和剧烈的疼痛向她袭来。

武汉白天气温有十几度，进舱准备匆忙，李莉莉的防护服里面只穿了短袖，在病房照顾患者时忙出了一身汗，全都捂在不透气的防护服里，湿冷湿冷的。她的鼻涕淌到了下巴上，擦不着，只能一分一秒地熬着。

引起疼痛的罪魁祸首是不能摘下的护目镜，弹力绳紧紧地勒在头上、耳后，和口罩一起卡在鼻子上。李莉莉有鼻炎，此时更觉呼吸困难。她站起身走到空调那里取暖，风也是冷的。困倦又烦躁的李莉莉联想到隔壁新冠病人们的感受，坐回去，低下头继续写病历。

凌晨三四点独自带领护士抢救病人，埋头写病历，对李莉莉而言一点也不陌生。这并非抗疫时期的特例，是李莉莉工作的常态。

李莉莉工作的宁安市是一个只有40多万人口的县级市，人民医院是一所二级甲等综合性医院。慢悠悠的小城里，李莉莉的科室永远忙碌。

某个深夜，急诊科送来一名患者，急性左心衰，血压飙升到

200多，呼吸困难，大汗缺氧，嘴唇绀紫，连肚皮和四肢的皮肤都发紫了。

李莉莉提前接到患者儿子的电话，跑到急诊室等候。这是位宁安附近乡下卖玉米种子的农户，肥胖、性格开朗、爱交朋友，还爱抽烟喝酒。他是李莉莉的老患者，一家人都有李莉莉的电话号码。

李莉莉马上给他降压、吸氧、利尿、纠正心肺功能，抢救整整持续了5个小时。等患者症状减轻，已经是凌晨4点多了。天空泛白，患者家属累得趴在床边睡着了，而李莉莉回到办公室，继续完善病历。

李莉莉夜班的日常，就是把病人从死亡边缘抢救回来。在循环呼吸科工作13年，她有1 500多个类似的凌晨，连怀孕那一年都是这样度过的。"这没啥可说的，对我来说很平常。"

从宁安小城往南500多公里，鹤岗市人民医院重症医学科的主治医生王野虓对夜班的记忆开始于声音。深夜，电话铃声响起，是急诊科。"备床！"紧接着，"噔！噔！噔！"一群人推着病床奔跑过来。

第一个患者是晚上10点多送来的，脑出血40毫升，意识不清，嘴里有呕吐物。王野虓说："就像一个喘气的麻袋。"

ICU抢救医生的任务就是要给病人一个上手术台的机会。

ICU 是全是玻璃墙的特殊病房——这是距死亡最近的病房。病房里一共 17 张床，操作台在大厅中间，王野虓能看清每一张病床前的监护仪。面前的两台电脑上显示着每一个病人的生命体征。但凡哪个数值报警了、跳跃了，王野虓就要冲出去处理。

濒死的过程发展得很快，首先是瞳孔放大，呼吸急促，然后开始呼吸浅表。一旦出现呼吸骤停，如果不及时处理，病人很快就会性命不保。

王野虓先为患者建立人工通气道，把嘴掰开，清理异物，插管；再用降压药和扩充血管的药物，忙活一个多小时。"维持住病人的生命体征，先活下来，脑子里的血之后再清也不急。"

"有时患者去世了，变冷了，我来不及难过，就得回去睡觉，赶紧眯一会儿，过会儿还得有人来。"

"噔！噔！噔！"第二个患者紧接着送来……

从 2011 年工作到现在，经历过成百上千的死亡，留在王野虓记忆里的一次沟通，却是与患者家属的一次平静对坐。只有短短 10 分钟，两人一句话没说，但王野虓却看到了失去亲人的悲伤对一个人肉眼可见的侵蚀。

一对中年夫妻的大学生儿子意外去世，母亲承受不了，从二楼跳下来，骨盆碎裂，失血过多，当晚王野虓抢救了两次，整整 5 个小时，人还是不行了。"这时不放弃就是折腾她，心肺复苏，肋骨就得压折。"

王野虓记得,当晚他见了那位父亲两面。"第一次见他,头发没有白,第二次见就白了,中间就隔了五六个小时。"

王野虓握着笔和确认书走进沟通室,找男人签字。男人接过笔,手放在纸上,三起三落,眼泪毫无征兆地啪嗒啪嗒落在纸上。王野虓觉得那两三分钟过得特别漫长,当男人的手第四次落下去时,他签上自己的名字,朝王野虓说了句谢谢,然后扭过头去,看着

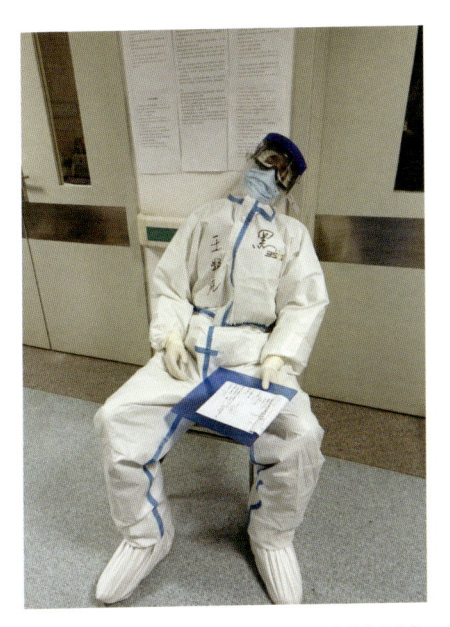

王野虓在湖北孝感的新冠疫情诊室巡逻,夜间在楼道里休息

窗外，依然毫无表情，但泪水顺着脸不停地淌。

"媳妇和孩子都死了，我那时说啥话都多余。有的患者家属哭、闹、演，其实对我触动不大，就这种积极治疗、不闹，声音不大也不哭爹喊娘的，真心想救。情到深处，脸上没有表情，眼泪就往下掉，真受不了。"

王野虓常感到，死亡的力量排山倒海，而自己只是一叶孤舟。"必须死的病谁都不惋惜"，可很多生命的逝去是缺乏医疗常识导致的。这个想法让他似乎找到一个撬动死神的支点，他决定在网上做医学知识科普。

两年前，王野虓在快手 App 上以"水果医生"这个名字发布了第一个给葡萄做手术的视频。芒果、苹果、火龙果、香蕉、蘑菇、香瓜、芋头……但凡人能想到的水果蔬菜，都被王野虓搬上迷你手术台，展示的手术包括心脏搭桥、拔牙、疝气、绝育、剖宫产、人流、痔疮手术、尖锐湿疣……

他希望通过视频让大家知道患病原因和手术原理，从而消除恐惧。"怎么防，怎么治，别往后拖，这就是有意义的事。这些简单的视频往往比手术视频更有意义。"

当医生时间长了，32 岁的王野虓明白世事无常。他珍惜迈出的每一步，动的每一下手指，眨的每一次眼睛，呼吸的每一口空气。"睡个好觉，第二天能睁开眼睛，都会感觉很幸福。"

很多人告诉他,因为在网上看了他的视频,及时去就医了。有一天,他还收到了一面锦旗,上面写着感谢的话。他已经忘了是在哪一次的直播中,他给了对方什么指导,但他渐渐感受到,自己面对死神时,有了更强大的抵御武器。

与王野虓类似,李莉莉也在网上与人分享她的生活。不同的是,她愿意主动与人分享的是一些生活里的小事。她常刷快手,发布了五六百个小视频,记录着两个孩子的日常,还有三条明虎鱼、一只角蛙以及斑马、红钻鱼……

最初,分享日常生活是为了病人。心脏病、高血压、慢性支气管炎常见于老年人群,宁安市人才外流,老龄化严重。"有儿女陪着的老人特别少,有老伴的还行,有人伺候,很多病人老伴没了,住院的时候就自己一个人,特别孤独。"

看到因为患病、孤独而脾气暴躁的老人,她就建议人家培养个兴趣爱好。"你养个鱼,坐下来看看鱼,心情或许就能平复……"

李莉莉工作时很随和,她对来看病的老人们"大爷""大姨"地喊得亲切,同事们调侃她亲戚最多。在很多患者眼里,李莉莉就像自家孩子。

有位患者出院后给李莉莉发微信,请她没事多发一发孩子的视频,"我可喜欢看你家宝宝了"。疫情暴发后,阿姨得知李莉莉要去援鄂,焦急地在微信上找她,像牵挂自家儿女一样。"李医生，你去武汉了，孩子怎么办？"

李莉莉分享生活的频率在她去武汉期间有所降低。2020年2月18日，她分享了和同事穿着迷彩装的视频。3月1日是穿着防护服在方舱医院的照片。等到3月19日，她发布了在天河机场的视频，配文写道：完成使命，回家！

在酒店隔离时，李莉莉账号的更新变得频繁起来，她举着东北蘸酱菜婆婆丁、酸菜、锅包肉、爆炒鱿鱼等等，一边介绍一边吃。李莉莉拍自己吃饭，一是因为吃饭确实是一天里最开心的事情，还有一个更重要的原因——让亲友放心。

去武汉的消息，李莉莉瞒着家人，家人从朋友圈中转发的援鄂名单中发现了她的名字。家族群里炸开了锅，母亲大哭，只有退休前在医院工作的舅舅支持她。他们并不知道，早在第三批援鄂医疗队报名时，李莉莉就主动请缨了。"作为一名医疗工作者，出现事情时，这就是一种本能反应吧。"

领导考虑到她的孩子还小，拒绝了。她很坚持："我赶紧说孩子断奶了，家里没有顾虑。本身我是循环呼吸科的，又会看心脏病，我就应该去！"

舅舅打来电话，嘱咐她坦然面对，做好防护。在电话那头的舅舅说："当兵的没有不上战场的，咱们也是兵，只不过咱们的武器是医疗技术。"

启程飞往武汉的那一天，李莉莉的小女儿正在发烧，被家人送到小儿急诊。"去武汉我从来都没觉得选错过，就是对孩子有点亏欠。"

回想武汉抗疫的经历，李莉莉最难忘的还是2020年2月19日早上6点多——在方舱医院里待了9个小时，她完成了第一天的工作，第一缕阳光照在身上。

"脱掉防护服、口罩、护目镜，那种感觉太爽了。"

2020/03/01
03:06:47

李莉莉
@ 花鸟鱼虫跟我来

她的鼻涕淌到了下巴上，擦不着，
只能一分一秒地熬着。

2020/03/19
03:42:57

王野虓
@ 水果医生

他常感到，死亡的力量排山倒海，
而自己只是一叶孤舟。

03:00-04:00
深夜医院

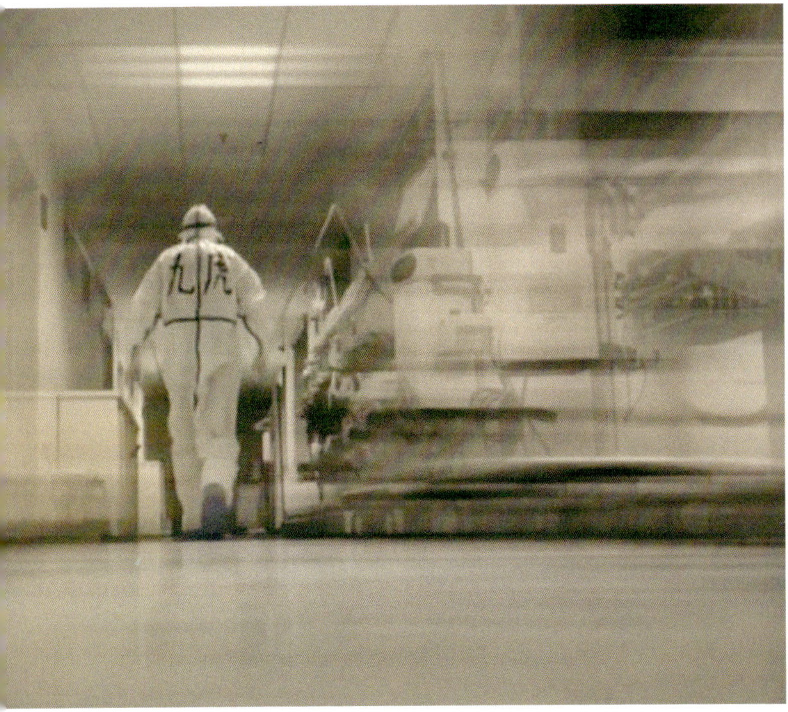
九虎

"奥利给！"

Cynthia、枕木 / 著

凌晨 4 点，四川稻城笼罩在黎明前的黑暗之中。

睡意向迷藏卓玛阵阵袭来，不过她还不能睡。卓玛连夜赶路，从老家坐了两个小时的车抵达稻城亚丁机场，现在正在排队等待机场 5 点开门。

如果说这个时候都市里的失眠者正在焦虑和辗转反侧中虚耗着，熬了一夜的迷藏卓玛此刻感受到的疲惫和寒意，都相当实在。尽管是 8 月，此处的气温却可以跌至零下。她裹着棉被蜷缩在车上，车厢里放着前一天村民在山上挖的七八十公斤新鲜松茸。这些松茸个头大，没有虫伤，凑近了还可以闻到一股淡淡的香气。顺丰在当地开通冷链运输后，每年七八月的松茸季节，迷藏卓玛和她的家人几乎天天去机场。

人气和名气几乎是突然"砸"中迷藏卓玛的。2017 年，她

合作社的村民刚下山送松茸过来，迷藏卓玛看见这么大的松茸特别开心

意外地用快手卖出了自己家挖的虫草和松茸，之后生意源源不断。2019年，她在老家成立了合作社，也为其他村民外销山货。她如今在快手有200多万粉丝。美国《时代》周刊在她的故事中观察到了中国最偏远地区的人们是如何通过技术致富的。只念过小学的她还受邀前往清华大学参加培训。

　　迷藏卓玛18岁之后才第一次走出县城，到了山货季节就会爬山采松茸、挖虫草，旅游旺季就会去景区推销土特产、打扫酒

在海拔4500米的牧场，牛回圈了，迷藏卓玛和大家一起坐着烤火，喝酥油茶

店客房。

这种与网红身份多少有点违和的简单生活，似乎无法被很多人理解。有一次，她在打扫酒店客房时被人认出来，对方不解为什么她不多去直播卖卖东西，"随便就能赚个1000块钱"。汉语流利的她突然不知该怎么表达，想了半天形容这是"一种爱好"，一如她挖松茸长大的经历。"这样的生活本身就很有意义。"

但2020年的松茸生意并不好做。8月的一场雪导致航班停飞，此外还下了好几场大雨。雨水一多，松茸就长得快，易开伞，直接影响品质。迷藏卓玛一直以高于市场价的价格收购乡亲的松茸，再算上合作社员工和成都工人的薪水，可能"还亏了七八万"。

"做生意不亏的话，就没法赚钱了。"迷藏卓玛似乎不太在意，她的笑声很有感染力，"我觉得没事，反正去年赚了一点。"

在 4 000 公里以外中国东极的林区，清晨 4 点已经天光大亮，村民正迎着朝阳上山采药、摘野菜。

苍翠的山峰间飘过一阵雾气，迎面走来一位蒙着面纱、打扮仿佛出自武侠小说的女子。这位自称"百草姑娘"的女子编着麻花辫，身穿一袭素衣，用镰刀钩下暴马丁香的树枝，凑近闻了闻叶片的香气，才劈下一段装入背后的竹篮。

这里是位于黑龙江省的东北边陲，双鸭山市饶河县，几乎是中国的最东方。盛夏时分，凌晨 2 点半天就亮了。百草姑娘穿行在山间，时而攀上悬崖，带人辨识山中的"百草"，婆婆丁、白芍、北五味子、还魂草、白鲜皮……她对山上的植被和药材如数家珍。

百草姑娘的形象其实是城里人常虹策划的，姑娘的真实身份是常虹丈夫的大姐。过去十多年来，东北三省是全国人口流失最为严重的地区，而从小在都市长大的常虹却做出了截然不同的选择——留在东北，并且回到丈夫的老家定居。

逃离城市后常虹才发现，看似"与世无争"的农村生活原来没有自来水，没有外卖，也买不到漂亮衣服。搬家时，她还往行李中塞了几双高跟鞋——当然从来没穿过。她担心会有新鲜感消失殆尽的一天。

但常虹话锋一转：你会看见山上的小蘑菇从土里钻出来，闪着水珠。偶尔看到兔子和野猪，看到如此鲜活、蓬勃的生命，会觉得生活特别美好。

她更专注于眼下的生活，比如怎么继续介绍山上的"百草"，怎么把深山蜂蜜卖出去；她还打算做中医讲堂和采摘中草药的体验营。谈起这些，常虹的语气中透着一股向往。与土地亲近，让她觉得"特别踏实"。

不同于乡村世外桃源般的生活，徐小米成名后的生活有了另一种简单和直接：效率、数字。

这位山东临沂的带货网红每次直播可以卖100多款衣服。"我们节奏快，没什么虚头巴脑的东西。"徐小米说，她的语速特别快，嗓音似乎总是嘶哑的。

徐小米有一个专业的数据运营团队，每次直播后都要复盘直播数据。2020年，徐小米和团队制定了"双十一"直播5场、单日成交破亿的目标。

11月2日开播第一天，她情绪亢奋地说了8个多小时。下播后，她感到缺氧、头疼，吃了两次布洛芬仍无法入睡。徐小米有点失落，凌晨的数据显示她只卖了9 300万。失眠到第二天早晨8点，她得知更新的数据证实她卖了1.06亿，才放心地睡着。

3年前,徐小米还在学习如何做微商,每天出门做地推、加微信。她用一年多的时间成为快手服饰类电商的"黑马",现在粉丝超千万,与人合伙经营着一个400多人的公司。

她每晚7点半开播,12点下播,度过直播后的"亢奋期",凌晨三四点才能慢慢入睡。夜深人静,她常常"会后悔"。每天早上,她特别有激情,告诉自己"我得好好干,今天又是美好的一天"。到了晚上,她又觉得自己表现不理想:"安排得不好,介绍得不好,陷入一种自我否定。"

徐小米毫不讳言:"我是工作狂。"她不喜欢看电影、唱歌、逛街,从没想过去旅行。做微商和电商之前,徐小米开过一家汽车修理厂,那时她拼命工作是因为穷,赚钱让她有安全感。"缺钱缺得太久。"

但火速实现财务自由却无法让她停下来。"400多人跟着你,他们还有房贷、车贷。"徐小米说,"我的心理年龄可能有40岁。"1994年出生的她像在开玩笑,又挺认真。

每晚时钟的指针指向7点半,就像启动了徐小米身上的开关,直播间瞬间响起高亢又沙哑的女声。

黄春生则是一个反面。虽然贫困,他对金钱却有一种奇特的淡然。虽然他的粉丝数庞大,却没有太多收益。

黄春生的确有点"怪"。他生活在辽宁省朝阳市,喜欢冬泳,给自己取名叫"朝阳冬泳怪鸽",因为"鸽子象征和平"。他的脚是41码的,却总穿45码的鞋,并且一年四季不穿袜子。因为一句"奥利给",他在快手上收获了500多万粉丝,也成了"鬼畜区"的顶流。用他的素材二次创作的视频,很多点击量都超过千万。

拥有百万粉丝,千万流量,黄春生好像是个网红了,但他却依旧过着清贫而闭塞的生活。据当地接触过他的人说,他没什么架子,游完泳推着"二八"自行车,遇见有人对着他大喊"奥利给",他会转过身子大声回应:"没毛病,干就完了。"

如果只看"朝阳冬泳怪鸽"的短视频,黄春生很容易被人误会成一个哗众取宠的人。他要不就是拍冬泳,要不就是对着镜头,嘴角上扬,表情夸张到挤出满脸褶子,大喊一些正能量的话。

黄春生的直播没有固定时间,通常都在后半夜,有时是凌晨2点多,有时是凌晨四五点钟。直播间就是他的家,这可能是最简陋的"网红直播间"了——一间普通的平房,没有滤镜,也没有任何装饰,墙面有些发黑。除了土炕和灶台,家里唯一的家具是一把椅子,墙上拉一根绳,挂着葫芦和汗衫。他要练字了,就

黄春生在快手 9 周年纪录片《看见》的拍摄现场

把废纸箱放在床上趴着写。

直播的内容也很寡淡，基本就是随便说说话，然后让人看着他做早饭。早饭也永远都是重复的"老三样"——红枣枸杞小米水饭、葱炒鸡蛋和炒蔬菜。

黄春生从没和网友说过自己的家事，他的故事通过邻居和直播里的蛛丝马迹被大家一点一点发现。他 1970 年出生，做了十多年教师，喜欢打快板、说相声，曾经有一段时间还是当地电视台的常客；不做老师后，他还做过婚礼司仪。多年来，他一直在照顾生病且丧失劳动能力的父亲，还有一个有智力障碍的弟弟。他曾有过一段短暂的婚姻，却最终没能留住妻子。

偶尔下午直播的时候，网友能听到直播间的背景音里有人在念"a、bo、ci、de"，或者听见他说"你用左手拍，锻炼左手"，"你朝天上扔一会儿，再拍它"，那是他家里有智力障碍的弟弟在锻炼。

很多人想帮黄春生，让他的日子过得好一些。有豆瓣友邻像追星一样追他的直播，其中许多是年轻女孩，号召大家都去看大叔直播。很多个夜晚，她们会在大叔的直播间控评，并且在能力范围内给他打赏，却发现自己只打赏了 12 元钱的礼物，就进了打赏金额排行榜的前三。虎扑上也有人在替他着急，希望他能够更改一下直播时间，如果他在晚上 8 点的黄金时间直播，估计能多赚些钱。

黄春生本人好像并不在意这些，他不接受捐赠，直播时有人给他打赏，他会拱手作揖表达感激。这种时候他最常说的一句话是："感谢亲人们不求回报的帮助。"

"我只是想把自己健康、乐观、向上的精神传递给大家，有些人说我傻了，说我是个疯子。闲话终日有，不听自然无，这些我都一笑了之。"在一次当地电视台的采访中，他曾如此表达自己拍短视频的初衷，而那次采访也是他这几年来接受的唯一一次媒体采访。

理解黄春生的人，大多会用到一个词——自由。

在知乎问题"如何评价朝阳冬泳怪鸽"中，一位朝阳本地人留言写道："朝阳是一个并不富裕的小城市，在老一辈人眼里，在正常单位（泛指国企、银行、医院之类）上班，有个安稳工作才是正道，但老黄的确是一个热爱自由的人，这样的性格让周围很多现实的人对他嗤之以鼻……一年前见过他，他已经小有名气，那时候就有人想给他费用、用他做文章，他把对方拒绝了，明确讲他不图什么，他说他只想实实在在做自己。"

同一个问题下，另一位网友则答道："怪鸽也许才是那个正常人。另类到不被理解，不忌讳世俗的眼光，干净得表里如一，纯粹得像个神经病。这样的人，谁有资格指摘他？"

（部分内容引自"人物"《"奥利给"的背后，看见黄春生》）

2020/11/23
04:01:01

常虹
@百草姑娘

与土地亲近,
让她觉得"特别踏实"。

2020/09/22
04:24:36

徐小米
@徐小米教搭配

我的心理年龄可能有 40 岁。

04:00-05:00
"奥利给!"

2020/04/07
04:51:11

迷藏卓玛
@ 迷藏卓玛

做生意不亏的话，就没法赚钱了。

2018/10/01
04:57:13

黄春生
@ 朝阳冬泳怪鸽

理解黄春生的人,
大多会用到一个词——自由。

第一缕阳光

陈肖 / 著

凌晨 5 点,冬天的太阳还没有升起,大部分人还在酣睡,作家勺布斯的闹钟响起。

在这一年里,勺布斯的生活发生了许多变化。他在云南住了很久,2020 年 10 月底,常居地又从杭州迁到了深圳。过去的视频里,他总是一个人,如今和女朋友拍起了恋爱生活的系列 Vlog。

在变动的轨迹中,勺布斯的作息一如既往:"早安,又是新的一天。"他身穿白色家居服,对着手机镜头微笑。随后泡一杯咖啡,开始晨练。在小区里,他会将手吊在门梁上,连续做十几个引体向上;在房间里,他单手撑地,两脚一蹬,稳稳地做起自由倒立撑。

运动完毕,他在桌前展开一张白纸——他手写,整理后发到网上。

起床、冥想、自重训练、喝咖啡、晨读、写作，勺布斯完成这一切工序时，城市尚未醒来。这样规律的生活他过了近十年，不曾中断。哪怕前一天工作到深夜、到外地出差住酒店，或者从昆明开车千里搬家到深圳，这些都改变不了他的自律。

　　究其原因，勺布斯简单概括为他觉得这是正确的事。他花了一两年时间养成习惯，睡眠时间被压缩到了 5 个小时。每个早上，呼吸、拉伸、深蹲时，他都与自己的身体对话，比如做单臂自由倒立撑，他会要求自己做比上次更多的次数，这是他对自己的挑战。

　　写作是他生活的一部分。这两年，他尝试短视频，快手成为他记录日常细碎生活的地方。视频里，一只叫 Lucky 的小狗和他做伴，屋外开了红色的鸡蛋花，做出一碗粒粒分明的煲仔饭……超过 30 万快手网友关注他，常常有评论羡慕他的自律。

　　凌晨 5 点，对城市人而言实在是太早了。不过对农民董德升而言，从春天到秋天，他每天都起得很早。

　　董德升的俄语名字叫彼得洛夫，祖辈从俄罗斯迁居到黑龙江。他张口一股东北大碴子味儿，却有着棕发高鼻，他唠起嗑来滔滔

彼得洛夫在黑龙江边散心

不绝，有一大票粉丝。

  他居住在中国北部的边陲县城逊克县，在黑龙江中游南岸，与俄罗斯隔江相望。彼得洛夫在这里生活了 40 多年。"我就是个种地的。"他大大咧咧地说。

春天热乎，早上五六点天已大亮，这是他最忙的时候。最早的一回夜里12点多就得起来拌化肥，白天种黄豆，得播10垧地。"好天就那几天，都怕下雨，一下雨就干不了活了。"他说话急起来。播种时节，他每天忙到太阳落山："贪黑播，你不知道播种机出不出毛病。你'咔咔'一顿播，一下落一根垄，老费劲。"

以前加上承包的，他最多种过500多亩地。今年他46岁。"特别是种苞米，春天装化肥找不到帮忙的，那都是体力活！"要是忙活一年一点儿都不挣，"容易打消积极性"。

承包地有风险，去年和前年承包的全赔了。还没秋收的时候涨大水，快手视频里，彼得洛夫踩着及膝的水，埋头捡苞米叶子，"全没了，都抽芯儿了"，发愁。最心痛的是2013年，村里平均产量最好的河套地都被淹了，全村颗粒无收。

夏天要做田间管理，秋天得收麦子，还有西红柿、黄瓜、豆角、西葫芦。秋天日头短，彼得洛夫一般4点多起来整车，5点出发去地里。10月要储存越冬菜，土豆和白菜萝卜收上来后都得晒一晒，蔫一蔫，在地里头埋一埋，再下地窖，他跟姐夫不到两个小时就能忙活完。接着是秋整地，把地翻一道，来年春天土块松软，一耕，土地"特别面，特别平"。春天再整就来不及了，他告诉我，"土全是湿的黏的"，种子覆盖率就受影响，收成也就不好。"三春不如一秋忙，不是光收获就完事了，你得为来年做准备。"

等闲下来已经到冬天了。大概十来年前起,农闲的季节,彼得洛夫有机会便招呼兄弟们一起拍戏客串。2020年11月,他进入大兴安岭。从他的快手视频里,可以看见一群俄罗斯族人在雪地里披着军服演战争戏。"热闹啊!"他说。

最初让彼得洛夫获得大量关注的,就是他们哥儿几个在烟酒中唠昔日荣光的视频:他20多年前在沟塘打死过野猪,10多年前在江岸钓鱼偶遇过黑瞎子。"喝得呼哈的,高兴!"

"特别生活。"很多网友在快手守着听彼得洛夫唠嗑,看他扯一大口酸不拉叽的俄罗斯列巴,呛一瓶大白熊。

彼得洛夫就喜欢农村生活,大家都是哥儿们。"我就喜欢开着门,一出大门在道上一喊:'你在这呢?'"夏天他基本不回县里,春季忙完了,打个鱼,摸个虾,下雨天几个哥们儿一凑,说会儿话,喝顿酒或者打个扑克。"农村那种生活的快乐是有些人感受不到的,是我们喜欢的。"

7年前,彼得洛夫全家搬到县城。农村到县城60多公里,秋收过后杀鸡杀猪,把肉冻住,然后举家去县里,来年春天再回村。那时候,村里600多人只剩下不到100人,都是爬不动楼的。

县城里,到谁家玩得提前打电话,彼得洛夫去串门,感觉自己是客人;进门温差大,得脱几件衣服,麻烦。县里小区住了七八年，同层的 10 户人家里他还有 3 户不认识。

这次进大兴安岭拍戏，酬劳不高，但一次要十来个演员，彼得洛夫就带着兄弟们上了。"我是奔着乐呵来的，老热闹了！"在县里聚只是一顿饭，在这儿是一起生活，"一天到晚呼哈的，喝多了就干仗，干完以后喝一口就好，好完了拍戏，拍完戏再喝，喝完了哪句话不对了就急，急了再干！"

彼得洛夫有 230 多万粉丝听他唠嗑。他也不时卖些农产品，黄豆全是自家种的，苞米是媳妇姐姐种的，三姨是蜂农，上他这儿卖蜂蜜。货源不是来自亲戚同学，就是来自屯子里的老少爷们儿。"最晚的是上中学认识的，最早的穿开裆裤就认识了。"他放心。

评论和弹幕里，大家老是说："大叔你实在，大叔你没变。"他嘿嘿笑着："也有些物质了，我也挂小黄车了。"他一带货就磕巴、冒汗，直到 2020 年春天——他所在的逊克县是红玛瑙产地，县长到他的直播间带货了。后来他每个月推荐 3 次家乡的玛瑙，帮扶家乡特色经济，但还是把春播秋忙放在第一位。

夏雪和彼得洛夫起得一样早。她的家乡是中国地图东北角的抚远，中国第一个能看到太阳升起的城市，哪怕是秋天，6 点天也亮了。10 月的马哈鱼期，夏雪三四点起床，穿上保暖背心、保暖内衣、毛衣、羽绒马甲、羽绒服、保暖裤、棉裤、羽绒裤，出家门走一段水泥路，出城区，再走一段土路，过 10 多分钟就是黑龙江和乌苏里江汇合处。

"老铁们快看,熏马哈!"镜头那端,站在雪地里的长发姑娘夏雪拎着一串鱼,这是她把新鲜的大马哈鱼用盐腌制好,晾到半干之后,再用木头火熏制而成的特产,没有添加剂、防腐剂,正宗俄罗斯的吃法。

"没有快手,就没有今天的我。"夏雪直言。她生活在常住人口只有3万多人的黑龙江抚远,这里有全国淡水鱼品种最多的鱼品交易市场。夏雪家里是开渔行的,她说,快手直播和短视频大大打开了她家的鱼产品销路。

2018年,她开始用快手带货,取名"东极夏雪"。"我就觉得这模式太好了,有商机,能涨粉丝、获取关注,从而把我们的特色商品卖出去。"夏雪说,"区别老大了!现在的马哈鱼销量是以前的10倍。"

早上5点,她已经下江,跟着渔民一起捕鱼,要到下午4点才下船。直播最冷时有-30℃。"裹啥装备都冷,下播就哭。"她轻描淡写地说。困得不行了,就趁着下网后的空闲,在船上睡一会儿。

与夏雪通电话是在2020年11月上旬,那天,抚远的最低气温是-14℃,她家窗外飘雪。江汉子在月中就能冻上,这往后,下网捕鱼得先镩冰窟窿。"各位老铁,这就是下网神器,传说中的'水耗子'!"在某个视频里,她展示了一个火箭模型似的工具,放到水下可在两个冰窟窿间穿梭,帮助渔网下到冰层之下。

江中央处水深,但11月末也会彻底封冻,夏雪用快手记录下当地特色的冬捕活动"起地龙"。在水浅处,凿冰后放下去十米八米长的绿网,泥鳅、老头鱼、柳根这些小型鱼就听话地进网了。

5月开江是第一个渔期,夏雪2点起床,3点半天蒙蒙亮时就开播了。直播间里少的时候也有一两百人捧场,"有半夜起来上厕所看一眼的,有一宿还没睡的"。她像地理老师一样在直播间给大家介绍抚远的地理位置和捕鱼知识:抚远挨着俄罗斯,边境旅游挺发达,她一年去好多趟俄罗斯进水产,多少会点儿俄语。天南海北的网友通过她的镜头看俄罗斯风光。她在快手带货,家里人打包、发货,忙得不亦乐乎。

现在,抚远所有捕鱼的、卖鱼的,都开始玩快手。千里之外的陌生人,通过小小的屏幕,得以看到最传统、最珍贵的冬捕场景。2019年冬,夏雪专程到吉林松原查干湖,直播传统的马拉绞盘式冬捕——渔民指挥着几匹马转动绞盘,以此拉动冰湖下的大网,场面震撼。

更年轻的时候,夏雪也想去大城市闯闯。"小地方想努力都没有出口。"但对家里人的牵挂让她留在了慢节奏的家乡。这两年比以前挣得多了,她心态变了,觉得在家也挺好。

**2018/09/28
05:11:02**

夏雪
@东极夏雪

裹啥装备都冷,下播就哭。

2020/11/13
05:13:29

彼得洛夫
@ 彼得大叔董德升

农村那种生活的快乐是有些人感受不到的,是我们喜欢的。

05:00-06:00
第一缕阳光

**2019/11/04
05:49:07**

勺布斯
@勺布斯啊

起床、冥想、自重训练、喝咖啡、晨读、写作,
勺布斯完成这一切工序时,城市尚未醒来。

06:00→12:0

- 石榴与花儿，蝴蝶与T台
- 上山入海
- 在路上
- 养狼姑娘
- 早起的鸽子
- 清晨的风

清晨的风

韩松落 / 著

青海民和，少女马莹莹的一天，是从6点半开始的。

洗漱完毕，她开始在空腹状态下练武，有时候是在自家的院子里，有时候是在武馆里。先做基本功动作来热身，等到身体热起来，就开始打拳。一套金刚拳打下来，需要1分30秒；少林拳1分20秒；关东拳的动作比较多，打下来将近2分钟。通常情况下，她每套拳练3遍，中间休息40秒左右。器械练习的难度相对比较大，她放在下午练。

马莹莹所在的民和县是回族土族自治县，这是青海省海东市的下辖县，她在一间名为"吉莹武馆"的家庭武馆当教练。这间武馆是马莹莹的爷爷马明吉创建的，刚刚成立2年。武馆的位置不错，在民和县老城区的中心，位于一家宾馆的七楼，冬天在室内练武，夏天在户外练习。

马莹莹在家中自拍

　　武馆目前有 50 个学员，分为大班和小班。小班由 5 岁到 7 岁的学员组成，由爷爷带；大班由 8 岁到 13 岁的学员组成，由她带；而大班和小班的基本功，都由马莹莹来带。之所以这样安排，是因为小班孩子年龄小，接受能力不强，爷爷更有耐心，会慢慢教他们；马莹莹没有爷爷那么多耐心，就带大班。大班的已经练了一段时间，有基础了，带起来比较顺手。

　　武馆名叫"吉莹武馆"，是从爷爷马明吉和马莹莹的名字里各取一个字组成的。马明吉今年 64 岁，自小学习武术；后来为了谋生，他和家人去了新疆伊犁，开设了一间拉面馆，从此在伊犁生活了 24 年，户口仍留在民和县，为的就是有一天能够归来。

后来，他和家人（包括马莹莹）回到民和，重新在故乡生活，也重新开始练武。七八年前，民和县成立了一个武术协会，邀请马明吉老先生加入，一同加入武术协会的，还有些老前辈和爱好武术的年轻人。"看到别人练，心气儿就起来了。"马明吉老先生把马莹莹和她的弟弟妹妹都带到了协会，让他们拜民和武术协会主席马林为师，正式开始习武。

刚开始练武的时候，马莹莹只有 12 岁，不喜欢武术，是被爷爷硬拉着练的。在她看来，那是"被逼无奈"。但后来学会了一些套路，参加过一些武术锦标赛，看了一些比赛视频，她慢慢喜欢上了武术，开始督促自己好好练。后来，因为堂妹生病，身体状况不适合练武，堂弟又随着伯父伯母去了另一个县，继承衣钵的重任，就彻底落在了家里的长女马莹莹身上。

有了快手之后，马莹莹又有了新动力。马莹莹用快手很久了，第一个和武术有关的作品发布于 2019 年。在那个视频里，她在武馆外的路上打拳，武馆的孩子们统一着装，在旁边给她鼓劲，并且喊着"马莹莹加油"。视频的播放量很高，马莹莹开始持续不断地拍下去，掌镜的通常是她的弟弟妹妹和爷爷马明吉。

在快手上，她收获了赞美，也收获了嘲笑。常常有人说，女孩子练什么武术，好好做饭，早点嫁人；但更多时候她还是会听到别人说，女孩子不简单，练到这个程度不容易。

马莹莹是在新疆出生的，至今都喜欢伊犁的山山水水。她的心愿很简单，好好练武，继承爷爷的武馆，"开个连锁的"。

在马莹莹起床练武的时候，距离青海2 000多公里的林芝，西藏冒险王[1]（他希望我们叫他老王）还在睡觉，除非是有特别的拍摄需求，例如拍摄"日照金山"。

老王是四川广安人，1990年出生。19岁高中毕业之后，老王离开家去打工，在北京、上海、广州、深圳、广西、云南，他做过30多份工作。在广东，通常是在电子厂工作；在广西，当过搬运工；在云南，就在饭店洗菜洗碗。

之所以每份工作都做不长，是因为他并不喜欢大城市，他觉得，那些地方一开门就是高楼大厦，特别憋闷。而且，他也不喜欢复杂的人际关系。在家乡的时候，他看到往日的小伙伴长大之后一个个变得很社会、很假，只想找个大哥罩着，他觉得很失望。

后来出门打工，他也不喜欢那一个个小社会，"就连一个厨房里，老板、切菜的、炒菜的，这么几个人，都还要拉帮结派、钩心斗角"，他觉得"人心很不好，很假"。他喜欢大自然，喜

---

[1] 2020年12月，"西藏冒险王"在攀登西藏那曲嘉黎县的依嘎冰川时失足落入冰川暗河中，不幸去世。

欢真实的东西："我们看到的山，就是很真实的。我们看到山是这个样子，它就是这个样子；看到这个树什么时候开花结果，它也就是这个样子。"

所以，出门前，他就知道自己要的是什么了。"有了路费，想去哪里就可以去哪里，我觉得这个想法特别棒。"只要打工一段时间，攒够路费和一段时间的生活费，他就去下一个地方，看山看水，直到"一个地方看得差不多了"，再去下一个地方，找下一份工作，攒够钱，就离开。如此周而复始。

他最后一份通常意义上的"工作"，是在那曲的一家青海拉面馆打工。拉面馆的工人都爱刷快手，尤其夜班，都是用快手打发时间，他也下载了一个。因为喜欢自然风景，他关注了很多拍风景、搞徒步的博主，看多了他们拍的风景之后，他觉得："我去的那些地方比他们的漂亮得多，如果自己做快手的话，搞到5万、10万粉丝应该没问题。"于是他辞了职，开始拍快手。

他的启动资金，就是打工攒下的7 000元钱，他用4 000元钱买了一辆摩托，剩下3 000元作为路费和生活费，就这么开始了。一直到今天。有时候一周都没有一毛钱收入，有时候一天几千元钱，但他对生活的要求不高，只要通过快手得到的收入能让他继续游走下去，他觉得就够了。

他去过很多地方，但最喜欢的还是西藏。他在西藏停留的时间最长，自从2012年第一次到西藏，他这8年时间，有六七年都在西藏，他在快手上的作品，也多半和西藏有关，因为"西藏是最舒服的，西藏的山更大"。"去了很多地方，只有西藏待得住，一天看不到雪山都不行。"

他拍到了"日照金山"。为了拍到"金山"，他等了整整4天；他拍到了喜马拉雅山的冰川，也拍到了喜马拉雅山的春天，还有喜马拉雅山南坡的百里杜鹃；他为雪山上 −15℃的天气里盛开的蓝花惊呼，匍匐在地上闻花朵的香气，也在海拔5 000多米的高山上，为盛开的荷花雪莲、苞叶雪莲欣喜，反复说着"这个是珍稀植物，不能采不能采哦"；他在无人区的湖泊边，光着膀子和马卡鲁峰合影；他为念青唐古拉山倾倒，反复告诉我们，这山比阿尔卑斯山更美。

在快手上，194万人关注着他，等着他的雪山、湖泊、雪莲和杜鹃花，等着他用西藏，给我们平凡的生活开一扇窗。

从19岁离开家到今天，他只在前年回过一次家。他很少和家人联系，因为一联系就要回家，"回家就有很多琐碎的东西"。他认为自己的状态不是"旅行"，而是"流浪"，但他喜欢这种状态。

问他将来有什么打算，他忽然放慢语速："一直能走下去，就非常好了。"

而距离林芝2 700公里的湖北武汉，赵师傅和西藏的老王同岁，也喜欢旅行，但他一直到这两年才有时间出行。

赵师傅的一天是满负荷的。早上6点，他的5家"明静生烫牛肉面馆"开门迎客了，早起的客人陆续到店里来吃早餐。赵师傅跟熟客打着招呼，请他们落座。

作为早餐，"生烫牛肉面"可以说是相当"硬"了。店里主打的是生烫牛肉或牛杂，以及传统的卤牛肉、卤牛杂、卤牛骨、卤牛腩；牛肉和牛杂烫过之后，搭配面或者粉，再加上煮萝卜块、煮黄豆，撒上厚厚一层小葱花，浇上秘制的汤料，配上卤干子、卤鸡蛋，就可以开动了。除此之外，店里也有杂酱面、臊子面和生烫拌面。这些都足够在食客的胃里升起一个小小的火炉，充实他们的能量条。

价格不算贵，生烫牛肉、生烫牛腰都是15元一份，生烫二合一、三合一和四合一，也不过15元到20元一碗。

武汉人生活比较悠闲，早餐阶段就有人喝酒了，在武汉话里，这叫"喝早酒"。多半是岁数比较大的男人，叫几个朋友，要几碗纯的生烫牛肉或者卤牛杂，或者一份锅仔，一次性杯子倒上半杯白酒，坐在门口的小方桌和矮凳子上，碰着杯，吃着肉，一个早上或者一个下午就过去了。

生烫牛肉面馆6点迎客，但赵师傅的一天，却是从3点开始

赵师傅在制作牛肉汤面

的。3点起床，去菜市场采购来自安徽或者河南的鲜牛肉，每天至少60斤。这一去一回，需要一个小时。

回到店里，他带着伙计们洗牛肉，撕掉牛肉表面的筋膜，因为筋膜是煮不烂的，会影响口感。把牛肉处理干净后，再腌制、调味，汤汁也炖开了，就等着顾客上门了。赵师傅的一家店，早上通常能卖出300碗，全天下来500碗。5家店算下来，赵师傅的收入相当可观。

"明静生烫牛肉"这个品牌始创于1994年，创始人是赵师傅的表姐明静。赵师傅是1990年生的，大学学的是市场营销；2013年毕业后，在一家公司干了一年，看到表哥跟着明静表姐做生烫牛肉做得风生水起，就辞职来了表姐店里。在店里当了一年学徒后，出师单干，开了第一家店。

开店几年，他最深的感受是"特别累，特别脏"。

"衣服都不用买，就穿旧的，你没有机会穿好衣服，你穿得再好，到店里来，也要换工作服。"他说，"早上三四点出来，下午四五点回去，最想的就是好好休息一下，好好睡个觉。"但他喜欢自己做生意，因为能赚钱，而且内心自由。

即便这么忙碌，他还是亲力亲为。除了亲自进货之外，还开通了快手账号，通常是展示烫牛肉的制作过程，捎带着讲讲自己开店的心得，例如，"大店不一定挣钱，小店不一定不富。干餐饮，控制好成本很重要"。

他的辛苦得到了回馈。面馆打出影响力之后，很多人到店里学习交流，甚至拜师学艺，开加盟店；开了快手之后，来店里咨询学习的人就更多了，赵师傅每次都热情地倾囊相授。因为这些，不到30岁的他获得了"赵师傅"这样一个尊称，他也很喜欢这个称呼。徒弟开了新店，他也帮忙发快手宣传，并且捎上祝福："愿每一个早餐创业者，付出都能得到回报。"

现在，5家店的生意走上了正轨。他不需要每天都3点起床了，也有了时间旅游。在他看来，生意不是他最终的追求："我是向往自由的人，不管有多少钱，还是更向往自由。不管旅游还是做生意，或者生活，我都希望朝着自己喜欢的方向去。"

和赵师傅一样，少林寺的释延淀师父更看重的，也是内心的自由。

少林寺的生活从早上5点开始。5点打板，5点半所有人汇集在大雄宝殿上早课。早课6点结束，武僧们去餐厅给法师准备早饭。6点10分，法师们过堂（吃早饭），用餐前大家用5分钟时间念《供养咒》。7点钟，早上的事务基本结束了，武僧以班为单位开始训练，每班30人，练基本功和跑步。跑步是必修课，来来回回大约要跑4公里。一天的其余时间则用来上文化课和训练。

身为少林寺武僧教头、少林寺国际部总教练，释延淀师父严格遵守寺里的日常。他俗家名是丁晨鹏，生于1993年，河南平顶山人。之所以成为一名武僧，是因为他"从小看武侠电影，特别向往英雄主义"。2002年，8岁的他进入少林武校，开始学习武术。2008年，他进入少林寺，成为武僧团的武僧，拜少林寺方丈释永信大和尚为师。

进入武僧团需要经过严格的考试，不但要测试功夫，还要经过面试，之后还有一年的考验期。一年的时间里，释延淀师父的功夫有了很大进展，留在了武僧团，并且开始参与少林武僧在全球的表演。

2012年，因为"骨子里的英雄主义"，他选择参军入伍，来到山东淄博的某野战军部队当了两年兵。他本想留在部队，却因为受伤而选择退役。回到家第三天他就去见自己的师父。"回来吧，回少林寺，"师父说，"一个人最大的障碍，不是你的外在受到多大的伤害，其实要看你能不能走出心理上的困境。"他留在寺院，慢慢调理身体，接受针灸推拿，停止剧烈运动，平时就给师弟们代课。两三年时间过去，释延淀师父的身体终于彻底恢复了。

因为这一番经历，释延淀师父对佛学和武术有了更深的觉悟，他的武功突飞猛进，成为少林武僧中的佼佼者，不但获得"少林功夫非遗传承人"这样一个称号，还成为少林寺武僧教头、少林寺国际部总教练。不过，他始终认为，自己是一个僧兵——他喜欢"僧兵"这个称呼，似乎最能说明他的家国情怀，以及保卫、捍卫这种情怀的愿望。

少林寺的武僧很容易流失，在短视频 App 出现后，流失速度就更快了，很多武僧在小有所成之后，就离开寺庙单干。释延淀师父却留在了少林，并且收获了来自这个世界的馈赠。

2017 年 11 月 9 日，他在人民大会堂向国家领导人和来访的美国总统展示少林功夫；2018 年，他登上春节联欢晚会，代表少林寺武僧演出《双雄会》，和来自武当的代表一起展示中国传统文化意气风发的一面；2018 年，在中非合作论坛北京峰会上，他为国家领导人和 53 个国家的元首及政府首脑展示少林功夫。

释延淀师父接触快手也很早。2016 年，他开通了快手账号，发了一个练棍的视频后引起网友的注意,很快就凭借展示少林武僧生活的短视频收获了260多万粉丝。

在他刚开快手号的时候,一些网红运营机构和经纪人就找上门,希望和他签约,帮他打理账号,但他都拒绝了。因为,看到外界对少林寺、对武僧的很多误解,他已经认识到发言平台的重要性:"我们为什么不把发言的权利掌握在自己手里呢?"他自己拍,自己制作,自己发布,在直播的时候和粉丝积极互动,并且很真诚地称他们为"家人"和"少林武术爱好者"。

和"少林寺释延淀"联动的,还有"少林三宝"这个账号,这个号的主角是释延淀师父3岁的徒弟三宝。三宝练武的视频在快手上也很火,受到许多老铁的喜爱。2020年7月17日,释延淀师父和三宝参加了在洛阳举办的"快手网红文旅大会",并登台领取"最佳创作达人奖"。

对现在的生活,释延淀师父很满意,他喜欢寺院的生活:"身体虽然很累,但精神上有很多自由。"对于未来,他也很笃定:"过好当下,就是对未来最好的铺垫。"

2019/05/07
06:01:11

释延淀

@ 少林寺释延淀

他始终认为,自己是一个僧兵——他喜欢"僧兵"这个称呼,似乎最能说明他的家国情怀,以及保卫、捍卫这种情怀的愿望。

2019/11/08
06:03:51

赵师傅

@ 明静特色生烫牛肉面馆

他喜欢自己做生意,因为能赚钱,而且内心自由。

2020/08/21
06:28:26

马莹莹

@ 马莹莹．

她的心愿很简单，好好练武，继承爷爷的武馆，
"开个连锁的"。

2019/09/11
06:32:19

老王

@ 西藏冒险王（记录冰川）

194万人关注着他，等着他的雪山、湖泊、
雪莲和杜鹃花，等着他用西藏，给我们平
凡的生活开一扇窗。

06:00-07:00
清晨的风

早起的鸽子

熊七 / 著

北京，2020 年 11 月下旬，早上 8 点。位于北京市丰台区的中国航天三院的体育场还只有东侧照得到太阳。左洪臣双手攥住单杠，绷紧胳膊，两腿向前打直，像个笔挺的字母 L。他跳下来，地上落叶窸窣。晨光照亮米白色夹克，这才显出他脸上的皱纹和背部的弧线。

2014 年退休后，左洪臣从天津搬到北京，以便离儿子近些。那年他 61 岁，住通州，就给自己起了"通州一叟"这个绰号。每周三四次，左洪臣会骑上一辆和他差不多年纪的"二八"自行车，花两小时去天坛公园。那里单杠多，热闹，是个"以杠会友"的好地方。每年大小公园还会有四五次单双杠交流大会，他也一个不落。参加者习惯拿手机给彼此拍短视频，除了学动作，也有种成就感。"通州一叟"这个快手账号就是 2014 年开通的，如今已有近 10 万粉丝。

在公园碰面时，大家喊他"老左"。67 岁的老左做过工人、老师、办公室干部。这个年纪的人最关心健康。老左啥病没有，只是血压高点，后脊柱有点凸出来。5 年前他自创了一套单杠动作，叫"四季平安"，上杠时包括反手、正手、蜷身、旋转，四个动态，四个静态，无人能复制，从此一战成名。"刚才那个是其中的一个'动'。"他解释说，又从一旁的菜篮子里掏出两样木制器械。这是他用铁锨把自制的顶架和健腹轮，可以练俯卧撑。老左甚至能反手抓住健腹轮的两个把手平撑在地面上，再迅速直立，来回推二三十次。到哪儿都有人围观。"左师傅，给他们走一个瞧瞧！"有人说，只要这么喊，老左就表演给他们看，引来阵阵惊呼。

"只要不得病，就不给社会找麻烦，不给家庭找麻烦，也不给自己找麻烦。真事儿！结结实实活到八九十！"老左声音洪亮。半小时后，他把顶架和健腹轮收到菜篮子里，戴上手套，跨上那辆"二八"自行车，朝早市奔去。

和一大清早起来锻炼身体，提升自我身体素质的左洪臣不同，方心早起不为锻炼。早上 7 点，31 岁的她已在鸽棚待了至少一个小时，左看看右看看，查看鸽子的状态。鸽棚在市郊，建于 2017 年，有 200 平方米，住着 300 只鸽子，分为种鸽和家养鸽。前者是从全国各大工棚引进的有过成绩的，后者则是从小养来打比赛的。方心先把家养鸽放出去飞，收拾它们的窝，再去检查种鸽，看粪便稀不稀、羽毛有没有炸。她对鸽子爱不释手，放回去又抓过来，看看翅膀、眼睛、羽毛，每10天给它们洗一次澡。鸽子们对她也亲热，见她来就往身上扑。照顾完鸽再送孩子上学，等鸽子下午五六点飞回来，也该接孩子放学了。

全葫芦岛只有一个养鸽子的女性，就是方心。八九年前，方心从沈阳毕业回到老家，没想好该做什么。一对鸽子落在阳台上如何都不走，她就给它们搭了个小窝。依靠父母给的10万元启动资金，最初的小窝里变出了2017年的40只鸽子，又扩大为如今的300只，20多种血统。因为养鸽子，她认识了如今的丈夫。两人没事就爱蹲在鸽棚前，猜测会养出什么花色：雨点、浅灰或是纯白。开始拍短视频后，来买鸽子的人除了辽宁省内的，也有来自甘肃、内蒙古、青海和云南的。鸽子飞丢了，有快手上认识的鸽友在一年后通过脚环认出了方心的鸽子，物归原主。

鸽子们就这样成为方心度量时间的尺度。它们会在每年春天被送去公棚培养，再于当年秋天参加比赛。比赛规模通常在1万到3万羽。归巢路途坎坷，每500公里要飞5个小时，有半路受伤的、被网走的、被老鹰捕获的、发病的。方心的鸽子中最远有从1500公里外飞回来归巢的，这总是最开心的瞬间。"养鸽子有一部分不是为了钱,就是喜欢归巢的那个感觉。"

学生和鸽子起得一样早。对于禹晶来说,开向小卖部的第一辆校车来到,她知道自己的一天又开始了。每天第一批到校的通常是住在郊区的学生,再来才是被父母护送到校门口的。无论早晚,来买东西的人要么是昨天丢了校牌,要么是今早忘了戴红领巾。总之,都想在这个小卖部里临时抱佛脚。7点,早自习钟声响起,校门口变得空荡,小卖部进入点货、进货时间。天气好的话,外公会把桌子搬到室外,再放上五六把椅子。中午会有家长陆续带午餐来等孩子,围坐着分食回锅肉、水煮鱼、糖渍小番茄。等他们走掉,外公就一个人坐下,等牌友来摸牌。

禹晶把这些都记录在"有家小店叫童年"这个账号里。她今年26岁,留黑色长发、齐刘海,还是学生模样,回到湖南常德汉寿县原本不在她的计划中。外公和父母经营这家小学门口的小卖部已有十几年,而禹晶则像许多90后年轻人一样,通过考大学离开家乡,去武汉读书,接着又在长沙找到了一份还算安稳的新媒体运营工作,月薪8 000元,包吃住,住处离公司只隔一条马路。

事情本该这么发展下去,直到2019年年底。那时,她莫名变得焦虑、失眠,两个月瘦了10斤。辞职回到老家,又遇上疫情,反而有了更多时间观察店里那些来来往往的人。出现最多的是堂弟小毛和隔壁瓦罐煨汤家的小女儿唐小妹。小毛不时拿一元钱隔

禹晶和外公在小店门口玩玩具

着栏杆买小零食,一帮孩子围上来分掉,再蹦蹦跳跳去上课。禹晶送唐小妹一块糖,唐小妹就回赠一个橘子。

禹晶把这些日常拍成短视频发到快手上,同样焦虑的人们涌来。"都是美好的记忆,想想那时候还真是容易满足。如果不是你,这些记忆就被尘封了。"一段留言这样写道。一切变得简单,这也让禹晶逐渐恢复对生活的触觉。

她在电话那头啃着鸭脖,说:"以前我想往大城市跑,现在

小朋友放了学来禹晶的小店里玩,一起分享好玩的事

觉得开心就好。我现在就挺开心的。"

禹晶迎来上学的小学生时,大连市42岁的公交司机杨传胜已经驾驶着406路公交跑完第一圈了。车上主要是睡眼惺忪的学生,他们打着呵欠互相抱怨早上怎么这么难起床。等他送完学生,下一圈才轮到上班族。

406路公交一头是百合山庄,另一头是劳动公园,头一班5点20分出发,末班23点整出发,来回一圈29.3公里,耗时约一个半小时。这路公交车队一共52台车,70多个司机,杨传胜是其中之一。他家住旅顺,每天早上5点10分出发,开40

公里到车队。早餐装在一个保温饭盒里送到调度室，里面有稀粥、鸡蛋、咸菜、馒头。杨传胜打开发动机，边吃边等车热起来，约莫 6 点半发车，两圈下来大约 10 点。然后是两个小时午休，其中一个小时用来给车加燃气，半个小时吃饭，剩下半个小时录跳舞视频。他的三脚支架是花 10 元钱买的，之前被风刮倒摔裂了，粘好后又接着用。他的手机是已经用了 4 年多的"红米"，由于自拍时画面不清晰，杨传胜只得对着后置摄像头跳，试图通过多加练习防止自己跳出画面。跳舞是为纾解压力，也为活动筋骨。午休后再开三四圈，杨传胜下班时已是晚上 8 点。

不过对他，人们更熟悉的名字是"猴哥"。2015 年以前，杨传胜开过 10 年旅游大巴。有个导游记不清他的名字，便说"师傅姓侯，我们都叫他猴哥"，这个绰号从此传开。猴哥有个 14 岁的上初中的儿子，妻子是家庭主妇。猴哥的母亲最近血压升到了 200，要上医院；父亲种的梨子因疫情积压，损失不小。人们问这些，猴哥也不提，镜头前只有欢快的舞蹈。有机构来签约，他拒绝；央视的《开门大吉》邀请他去录节目，他也拒绝。

"我不过是普普通通的老百姓，在哪儿都能撒温情话语，见人间欢乐。"猴哥说。

这些忙碌的满足、坚持的信念和温暖的期待互相交织缠绕，给一天缓缓展开的这个时刻赋予了特别的意义。

2020/05/22
07:12:34

方心

@ 女孩养鸽金太阳鸽舍

养鸽子有一部分不是为了钱,就是喜欢归巢的那个感觉。

2020/10/29
07:36:12

禹晶

@ 有家小店叫童年

都是美好的记忆,想想那时候还真是容易满足。如果不是你,这些记忆就被尘封了。

07:00-08:00

早起的鸽子

2020/07/27
07:53:04

老左

@ 通州一叟

只要不得病,就不给社会找麻烦,
不给家庭找麻烦,也不给自己找麻烦。
真事儿!结结实实活到八九十!

2020/04/05
07:57:21

杨传胜

@ 大连公交猴哥

我不过是普普通通的老百姓,
在哪儿都能撒温情话语,见人间欢乐。

养狼姑娘

杨一 / 著

    早上8点，早高峰进入中段。"中段"的意思是，所有的道路都已经彻底堵住了，汽车一动不动，而汽车里那些赶着去上班的人，逐渐从沉甸甸的困乏中缓了过来，变得急切，喇叭摁个不停——"到底还有多久能到啊！"

    曾有一段时间，韩玉每天都得安抚这群被堵在路上的人。她是一档早间新闻广播节目的实习生，负责接听热线。节目7点开播，这意味着她每天得定5个闹钟，保证6点起床，然后在大概半个小时后到达单位，绝不能迟到。新闻节目的直播间是名副其实的"战备间"，所有人绷紧神经，追热点、递稿子、调设备、对接主持人，一刻不停。到8点的时候，一个接一个的电话打进来了。

    "路上又有一个井盖坏了，赶紧来修！"

"堵半个小时了，到底还有哪条路能走，要迟到了！"

"我东西落在公交车上了！"

还有一次，一名女士打来电话，大喊："我要生了！"

韩玉一边将热线导进主播台，一边协调交警指挥中心，总之尽可能地帮听众解决问题。那次便是如此，直播间的主持人呼吁各路口车辆避让，交警则盯紧监控，随时给车辆放行，最终一个小时的路程只用了半个小时，那名女士进入医院，顺利生产。韩玉极为激动，那份激动直至今日也还记得。虽然已经离开早间新闻，做起了一档10点才开播的音乐类节目，她仍然觉得，"一个好的电台主持人最重要的是有责任心"。

现在，韩玉自己也得挤早高峰了。8点钟的时候她才刚刚出门，开车汇入拥挤的车道。两个小时后，她会坐进主播台，进行新一期节目的直播放送。她的开场白从未变过："您现在收听到的是FM913通辽交通文艺广播，这里是正在为您直播送出的《音乐黑白片》，我是韩玉。"

汽车将人们送往写字楼、工厂和工地，这似乎是一条永远无法更改的固定轨迹。但在快手，你能看到，越来越多的人跳出了这条轨迹。

8点钟的时候，郑晶晶也出门了。她开着一辆越野车行驶在锡林郭勒草原，这里可没什么早高峰，此时天色刚起，四下一望

郑晶晶照顾刚出生的小狼崽

无际，畅通无阻，郑晶晶很快到达目的地———一片占地12万亩、养有300多匹狼的园地。她从车上搬下还带着血的鸡架、鸭架以及羊羔，又牵下来一条养了两年多的藏獒，然后，走入狼群。

圈养的狼自小就和人接触，对人有一定的亲近性，但仍不能完全被驯化，对人保有戒备，不时还会攻击人。藏獒"黑豹"此时充当了郑晶晶的"保镖"，蹲靠一旁，威慑着狼群。还有一名"保镖"，是一匹叫作"翠花"的母狼。它完全由郑晶晶喂养长大，感情一日日积攒下来，尤为坚实。但郑晶晶觉得翠花这一阵正生她的气，可能因为她太久没来看它，翠花不愿搭理她，"装作不认识我了"。她还特地拍了一条快手抱怨此事，视频中，她

郑晶晶带着受伤的狼王去看病

抱起翠花，直直望着它："好几天不见，你都不想我，是吗？你这属于白眼狼。"但这天翠花不计前嫌，依然走在她前方，一旦有其他不怀好意的狼靠近，它立马就龇牙凶狠起来。郑晶晶将带来的食物分批投喂下去。狼从不争抢，一匹接着一匹上前，叼上一块，然后走远。

郑晶晶26岁，是一名宠物店店长，还是一名专业的驯犬师，业余时间则是一名草原狼饲养员。3年前，她被爸爸带着第一次接触狼，很快便喜欢上了这种头脑简单，"只要你对它好，它就对你好"的动物。她爸爸更是如此，停下了公司的所有工作，向乌拉盖野狼谷申请，当上了"野狼保护员"，一个月大部分时间都待在草原，吃住堪称艰苦，但他就是乐意。家里人不理解，尤其是接手了公司工作的妈妈，抱怨了很多次，"日子还过不过了"。但郑晶晶能理解爸爸："企业里都是一些什么人什么事，你不用想都知道，草原上可没有这些。"他们住在山脚，一到夜里，山上的狼开始嚎叫，声音在山谷回荡；有时郑晶晶和爸爸也加入进去，抬起下巴，"嗷呜——"，几遍下来，整个人都舒畅了。

可能对一些人而言，养狼已经算是足够特别的工作了，但放至快手，这其实不算什么。

当郑晶晶与一群草原狼打成一片的时候，毕元庆在离家17 945公里的南极"赶鹅"。作为一名铲车司机，他参与重建巴西费拉兹科考站，平时下工了没什么别的事可做，目光便锁定了那一群摇头晃脑的企鹅。他常常悠闲地走在一群企鹅后方，憨笑着对着手机镜头说："又到一天赶鹅的时候了！"

而朱恒彬正穿上草鞋，将叠好的茶包驮上背，杵一根"拐子"准备上路。他称自己是一名"背二哥"——人们管西南山区那些背运东西的男人叫"背二哥"。现在已经没几个人干这个了，但朱恒彬决心继承背二哥"不怕吃苦，实实在在干"的精神，重走茶马古道，徒步将茶从雅安送至康定。

36岁的刘荣魁，原本是一名外卖骑手，模仿美猴王5年了，装备从2 000元升级到了12 000元。现在他要穿上这套12 000元的装备，以"美猴王"的名义去参加一场车展。这天他唯一担心的是遇上小孩，因为小孩根本不知道他扮的是谁，总是一见他就哭，刘荣魁什么办法也没有，只能尴尬又丧气地迅速走开。他觉得，"可能过不了多久就没有人知道美猴王是谁了"。

所有这些人里，刘阿楠的工作可能最不值一提。8点钟的时候，他刚刚赶到一家废品站，开始分拣废纸和废铁。说白了，刘阿楠是收废品的，但他自己不这么说，他说自己是"再生资源大中华区执行总裁兼CEO"。

2017年，运输行业不景气，开了几年大卡车的刘阿楠决定转行。家里不少亲戚在做废品站，二舅还通过收废品买下了一辆奔驰，这让刘阿楠意识到，"这是一个天长日久养人的行业，只要你认认真真去干，10年、20年、30年，总会积攒下一片财富"。于是，刘阿楠回了家，成了废品站里唯一的年轻人。

每天倒腾垃圾，倒腾得多了，渐渐也从中发现了乐趣。废品站里什么都有：几十块的数字表，几万块的万国表，各种各样的书，带印章的字画，各类样式的瓷器，纪念邮票，香奈儿吊坠，卡地亚手镯。

有一次，央视的鉴宝节目《一槌定音》在邯郸举办了一次海选，刘阿楠带上他在废品站捡到的字画和玉器报名了。4位专家拿着东西来回看了几遍，告诉他这都不值什么钱。刘阿楠并不灰心，乐呵呵地将东西都带了回去，码好放进了仓库。他现在有两间仓库，其中一间还特意建了书架，摆满了书。他乐意捡书，但一本都没看过。他打算等老了再看，心想着到时候会是个学富五车、藏书无数的老头儿。

刘阿楠将他在废品站的生活发到快手，如今有了200多万粉丝，不少人羡慕刘阿楠，惊讶于原来家乡的废品站也能成为一座"富矿"。视频中，他总是戴着黑色口罩，没人知道他长什么样，但他的两句口头禅已是尽人皆知，一句是"我是一个收废品的，我的副业呢就是天天捡宝"，另一句是"你个嘚嘚儿"，意思是"我不高兴"。当发现有人把什么东西都掺进废纸里拿来卖的时候,刘阿楠就会说:"又欺骗我,你个嘚嘚儿。"不久前,他在一个旧纸箱里捡到一条小狗,正愁要取个什么名字的时候,有人立马就在评论区留言,这还不简单,就叫"嘚嘚"呗。现在,刘阿楠穿梭在废品站"捡宝"的时候,"嘚嘚"就会在他脚底下窜来窜去,雪白一团,像个毛球。

马上要到 9 点了,刘阿楠的垃圾分拣工作还未结束。废纸和废铁分开垒成两堆,等废纸积攒到 12 吨,废铁积攒到 15 吨,他就得骑上三轮车把它们拉到工厂全部卖掉。

与此同时,韩玉开始将选好的歌曲导入电台。她选的大多是一些经典老歌,现在她尤其喜欢张国荣的歌,比如那首《月亮代表我的心》。韩玉说:"他的歌都特别纯粹,他的人也同样如此。"

而在草原上,郑晶晶则开始了一个游戏——她四下走动,寻找正在埋食的狼。她悄摸摸站在一边,看狼挖好一个洞,然后将没吃完的食物埋进去;狼一走开,郑晶晶就迅速上前将食物掏出来,藏到另一个地方。狼回来后一检查,发现食物不见了,先是鼓着眼睛在原地打转,然后闷头跑到各处去找。这时候,郑晶晶远远望着,止不住地大笑。现在是冬天了,锡林郭勒草原已经下了雪。9 点的时候,太阳爬升得更高了,阳光照在白雪上,像撒上了一层金粉。

2020/04/05
08:01:32

郑晶晶

@ 养狼姑娘重返狼群

企业里都是一些什么人什么事，
你不用想都知道，草原上可没有这些。

2020/04/05
08:08:50

刘荣魁

@ 美猴王阿文

可能过不了多久就没有人知道美猴王是谁了。

2020/04/05
08:18:17

韩玉

@ 电台主播韩玉

一个好的电台主持人最重要的是有责任心。

2020/04/05
08:23:06

毕元庆

@ 风雪南极

又到一天赶鹅的时候了!

2020/04/05
08:56:52

刘阿楠
@ 刘阿楠（嘚嘚）

我是一个收废品的，
我的副业呢就是天天捡宝。

2020/04/05
08:59:56

朱恒彬
@ 茶马古道背二哥

朱恒彬决心继承背二哥"不怕吃苦，
实实在在干"的精神，重走茶马古道。

08 00-09 00
养狼姑娘

在路上

刘雀 / 著

1

按照惯常的作息,早上9点,尼大牙本应跨上自行车,开启一日的骑行。

他和老婆酱油妹习惯在清晨7点多起床,拉开帐篷拉链,光线透进来,人就苏醒过来了。尼大牙用便携的小汽油炉做饭。有时简单热热隔夜的菜和馒头,有时也焖新鲜的大米饭,加酱油炒。媳妇之所以叫"酱油妹",正是因为第一次搭棚炒饭时,手一抖,往锅里倒了半瓶酱油。吃完饭,两口子收拾好帐篷和行李。尼大牙就近找到加油站、银行或是住户家,灌一水壶的开水,然后就该出发了。

此时阳光正和煦,尚不刺眼。尼大牙和酱油妹吃饱了饭,养

尼大牙和酱油妹一路骑行，经过德国科隆大教堂

09:00-10:00
在路上

足了劲，两辆车一前一后，蹬得有劲。他们不赶路，稳稳当当地骑，留意四周的风景，一个上午行进二三十公里。

从 2016 年起，尼大牙和酱油妹已经度过了 4 年多在路上的生活。2020 年 4 月，他们横跨欧亚大陆，骑行至荷兰海滩。没想到，骑行之旅到此打住。新冠疫情在欧洲爆发式增长，尼大牙和酱油妹只能选择暂停。他们用防护服、护目镜和口罩将自己裹得严严实实，把车胎上满是补丁的两辆车拆装打包，托运全机场最重的行李回到了国内。

随后是为期 14 天的夫妻分开的隔离，尼大牙看着酱油妹走向走廊尽头，一拐弯看不见了，心里舍不得。俩人处对象到现在有 15 年了，从未分开超过一周。现在分开了，旅行也停下来了，上午的时间因此变得很长。尼大牙会在吃完隔离早餐后继续回笼，睡到自然醒。他有很长时间翻看一路以来的视频素材，有一些感受在这时沉淀下来。

而对大部分人来说，9 点钟精神正好，工作从这时开始。

40 岁的四川眉山人豆小刚这时也出门了。他骑上一辆自行车，开始转市里的几家废品站。废品站花钱收购纸皮、塑料、易拉罐、废铁，他再花更高的价钱把它们买下来。他像挑选布料那样检视那些废品，脑子里开始构思衣服的模样。豆小刚既是设计师，也是裁缝，还是模特，他用环保理念做服装，家里的每个角落都堆满了"垃圾"。他用热熔胶棒、针线、钳子和扳手将这些垃圾裁剪拼贴，做成造型夸张的服装，然后亲自穿上，走下楼，到距离小区几百米的道路上走秀。

而远在内蒙古东萨拉嘎查的党支部书记吴云波，这个点儿已经忙活了大半天。安排好了机关单位的工作，跟合作社的销售人员开完了会，结束了办公室案头工作，他要亲自去养殖场看看牛棚里的牛，再到加工车间检查工作。

吴云波记得小时候的早晨从不忙碌。那时，牧民们日出而作，日落而息，日子规律、松散，没有时间的概念。那时的东萨拉嘎查地广人稀，草原望不到边，牛羊散养，他们每天吃肉。他10岁就学会了骑马，放牧有时会碰上狼。草原上的时间走得很慢，牧民们过着传统的、原始的放牧生活，安逸也舒适。

可慢慢地，人口越来越多，草牧场的面积却没有扩大，雨水变少，生态环境逐年恶化，牧民们越发贫穷。2012年，当上了村支书的吴云波意识到了问题，牧民们必须改变生产生活方式了，要搞草畜平衡，要科学化、规模化养殖。从那时起，他下定决心，要带领村里的乡亲们一起探一探现代化的道路。

他建立了玛拉沁艾力养牛专业合作社，挨家挨户地劝说村民加入，全村合力，科学化养殖。随后，合作社又创办了餐饮公司、牛排西餐店，以及两家牛肉经销店。全产业链发展让村民们走上了脱贫致富路，收入一年年稳步提升。

2

2016年6月13日是尼大牙和酱油妹上路的第一天。他们花了一个月的时间查攻略，购买自行车和骑行装备，手绘了国内和国外两张字迹笨拙的地图。那天，两个人分别驮了七八十斤行李，骑车离开位于家乡锦州的农村小院，开始了环球旅行。

那是两人结婚的第三年。3年来，尼大牙和酱油妹租住在市里棚户区没有暖气的出租屋，上公共旱厕，去大澡堂子洗澡。他们每天去夜市摆摊卖炸串，早上7点出门买菜，之后洗菜、切菜、穿串、备料，下午5点出摊，凌晨12点收摊，之后是洗盘子、算账。无论是炎热的夏天，还是东北-20℃的寒冬，日复一日。酱油妹穿串时，脑袋往胳膊上一靠就能睡着；尼大牙长期熬夜，20多岁就患上心肌缺血。

尼大牙就是在这种情况下，突然决定上路的。酱油妹一直有出去走走的愿望，后来在辛劳生活的消磨里，不大再提了。尼大牙觉得欠媳妇的，于是决定带着酱油妹满世界拍婚纱照。他们往行囊里装了一套西装和一身婚纱，几万公里一路驮着。后来，在

在进入珠峰营地的门口,尼大牙和酱油妹准备骑自行车向珠峰大本营冲刺

布达拉宫前,在纳木错湖边,在普吉岛的海滩上,尼大牙一次次地抱起一袭白纱的酱油妹转圈。他们脸晒得黝黑,却笑得甜蜜。

尼大牙两口子突发奇想地上了路,就像从逼仄的生活出逃,世界一下子扩大。而豆小刚走上环保服装之路,则是在被生活逼至绝境时,另辟出路。

2017年,豆小刚的父亲舌癌复发。病情恶化得很快,只过了几个月,父亲就难以咽下食物了。市里的医院治疗了一阵,没有控制住,放弃了治疗。豆小刚没放弃,又带着父亲到省总医院的肿瘤科挂专家号。大夫告诉他,治疗需要花费28万。这对他来说是个一时无法实现的大数目,几年来,为了给父亲治病,他的积蓄几乎消耗完了。可老人看着儿子说，他不想死，他想过明年的春节。为了实现父亲的愿望，他心一横，决定继续医治。他求爷爷告奶奶地凑钱，最后从朋友那儿借齐了费用，并许下了一年内还清的承诺。

那是异常倒霉的一年，父亲重病，负债累累，随后豆小刚又遭遇了车祸住院。后来，老婆过不下去了，和他离了婚。他陷入了人生最低谷。

豆小刚原本做演出经纪，给各个夜场、酒吧或是婚丧嫁娶仪式介绍歌手演员。这一行几年前开始走下坡路，越发不景气。干耗着挣不着钱也不是办法，于是他在朋友的建议下注册了快手账号，最开始给自己起名为"乡村九点半"。"乡村"是他在明明白白地告诉网友，豆小刚是土生土长的农村人。"九点半"的意思则更为直接——他将在每晚九点半直播。

起初他学别人瞎拍搞笑段子，后来又弄起夜场里唱歌跳舞那一套，均无起色。有一天豆小刚想起了服装，在夜场，演员们的舞台服装总是夸张怪异，夺人眼球。他再一思索，互联网倡导正能量，应该定一个积极的主题，于是便想到了环保。他的第一套服装作品是用废弃塑料袋制作的，播放量一下子上去了。之后他上网搜到了一段巴黎时装周的视频，T台上那些另类、奇异的造型设计给了他启发。重点在于颠覆，他想。他开始发掘更多被人视为垃圾的材料，用于制作充满想象力的衣服，他相信变废为宝也可以成为具有社会价值的时尚理念。

有一回，他清洗了许多遭到抛弃的旧不锈钢餐具，串联起来悬挂好，做成一件层次分明、闪闪发亮的连衣裙。还有一回，他用旧易拉罐制作了一对背在身后的巨大蝴蝶翅膀。在他的视频里，这个将近40岁的男人亲自穿上塑料袋衣服，像模特那样走了一段台步。粉丝量迅速积累起来。"时尚这块儿拿捏得死死的"，这句风靡互联网一时的流行语，从他的视频账号传播起来。

但豆小刚从没有一天摆脱他人的指指点点。"丑人多作怪""厂里还缺个保安"一类的嘲讽，每天涌入他的直播间。他不理会，也不愿意解释，他相信自己独一无二。更何况，父亲患着病，身上背着债，面子有什么用呢？还在乎自己干什么？早在20多年前，他在乡村舞台上嘶吼、倒立、甩长头发挣那一点演出费时，他就是个豁得出去的人。

在困境下，人总会用勇气找到新的出路。

2020年的疫情突如其来，打断了合作社良性发展的势头。牛排馆歇业，经销店关门，合作社断了销路。一连两三个月，牛肉卖不出去，吴云波必须寻找新的出路。4月，他果断加入"干部直播带货"的行列中，用自己的快手账号向全国网友推荐玛拉沁艾力合作社的优质牛肉。

这是一次吴云波经验之外的大胆尝试。在镜头前,他显得拘束,语速慢,嘴也笨,观众没有耐心,看了一会儿就退出去,直播间里总是冷冷清清,第一次直播的效果令人气馁。不过他没有放弃,和团队同事们研究起来,决定打出民族特色来吸引观众。渐渐地,他的直播间人气旺了起来。

网友们最喜欢看蒙古大汉做"吃播"。有一回,他和另外两位同事在蒙古包里烤牛肉。一个人唱起悠扬的草原歌曲,另一位化身人形广告牌,全程郑重地举着带有品牌标识的产品包装,吴云波则专心致志地烹饪牛肉,时不时地翻动,并叉起一块热气腾腾的肉举到镜头前。还有一回,直播场地设在了辽阔的草原上,吴云波身穿蒙古袍上场。他的普通话并不标准,却显得坦率诚恳。身后的蒙古包被大风吹得猎猎作响,烤炉上的牛排受到炙烤,发出"呲呲"声。肉熟了,他以豪爽的架势,把烫嘴的牛肉一下子送进嘴里。

吴云波的直播间没有俊男靓女,没有俏皮话和花活。他有点生涩和严肃,在同事做出"比心"的手势时,显露出不明所以的神情。但人们依然被那份不掺假的友善和实打实的诚挚所触动,也随之对草原原产的新鲜牛肉感到放心。十几次直播积累下来,合作社销售额达到十几万元,相当于线下门店一个月的销售总额,嘎查的牧民们重新高兴起来。

上路的人，总会在路上找到信念和意义。

隔离结束后，尼大牙和酱油妹回到锦州的农村小院里，扎扎实实地休息了一阵。乡下生活放松安宁，但一个月过去，夫妻俩心痒了，怀念在路上的感觉。每一公里都在看不同的风景，接触各式各样的人，感受五花八门的美食和风俗，那感觉就好像在看慢放的大电影，每件事的所有细节都放大了，看得清清楚楚，记得格外深切。

国内的疫情控制住后，尼大牙和酱油妹又上路了。关于未来，他们还有更多、更长远的环游计划，也许他们会买辆越野车，跑更多的路，去更多的地方。

豆小刚的父亲最终没有撑到 2018 年的春节，但他尽了力，并不后悔背上 28 万元的债。他认认真真地设计每一套衣服，投入心思和精力。他有自己坚持的理念，每一次的设计必须跟别人不一样，必须超越自己之前的想象。走台步时，他总是表情坚定，显示出不畏人言的真正的自信。他收到了国内时装周的邀请，接过了主办方给他颁发的"环保大使"的奖杯。欠款现在还剩 1 万元左右，他仍在努力坚持。

2020 年 11 月的一个夜晚，草原上下了第一场雪。吴云波不到六点起床，厚厚的白雪覆盖了大地。他联系铲车疏通了村庄路面，又到牛舍查看，和工作人员一起清理地面，排查围栏和棚舍是否结实。

总有声音质疑吴云波的直播带货行为，觉得一个领导干部、人大代表当网红，出来抛头露面似乎不妥。吴云波对此是不理会的，"我不是为了个人，不是为了刷礼物，我是问心无愧的"。他用心经营的快手账号里，自己常常不是主角——他有时拍闲适吃粮的壮硕黄牛，有时拍骑马放牧的草原牧民，有时则拍筋头巴脑、炒牛肉、烤肉串等美味菜肴。从一开始，吴云波就在自己的账号名上打上了合作社的名字"玛拉沁艾力"，在蒙语里，这是"牧民之家"的意思。他将自己称为"牧民之子"。他用严肃的态度对待每一次直播，并将持之以恒地做下去。牧民们实实在在地受益了，吴云波知道，"带货"这条路，他选对了。他要用搞事业的态度，踏踏实实地往前走。

**2010/10/10
09:01:11**

豆小刚

@ 九点半时尚

时尚这块儿拿得死死的。

**2020/06/21
09:17:11**

吴云波

@ 吴云波《玛拉沁艾力》

他将自己称为"牧民之子"。

09:00-10:00
在路上

2020/11/11
09:42:25

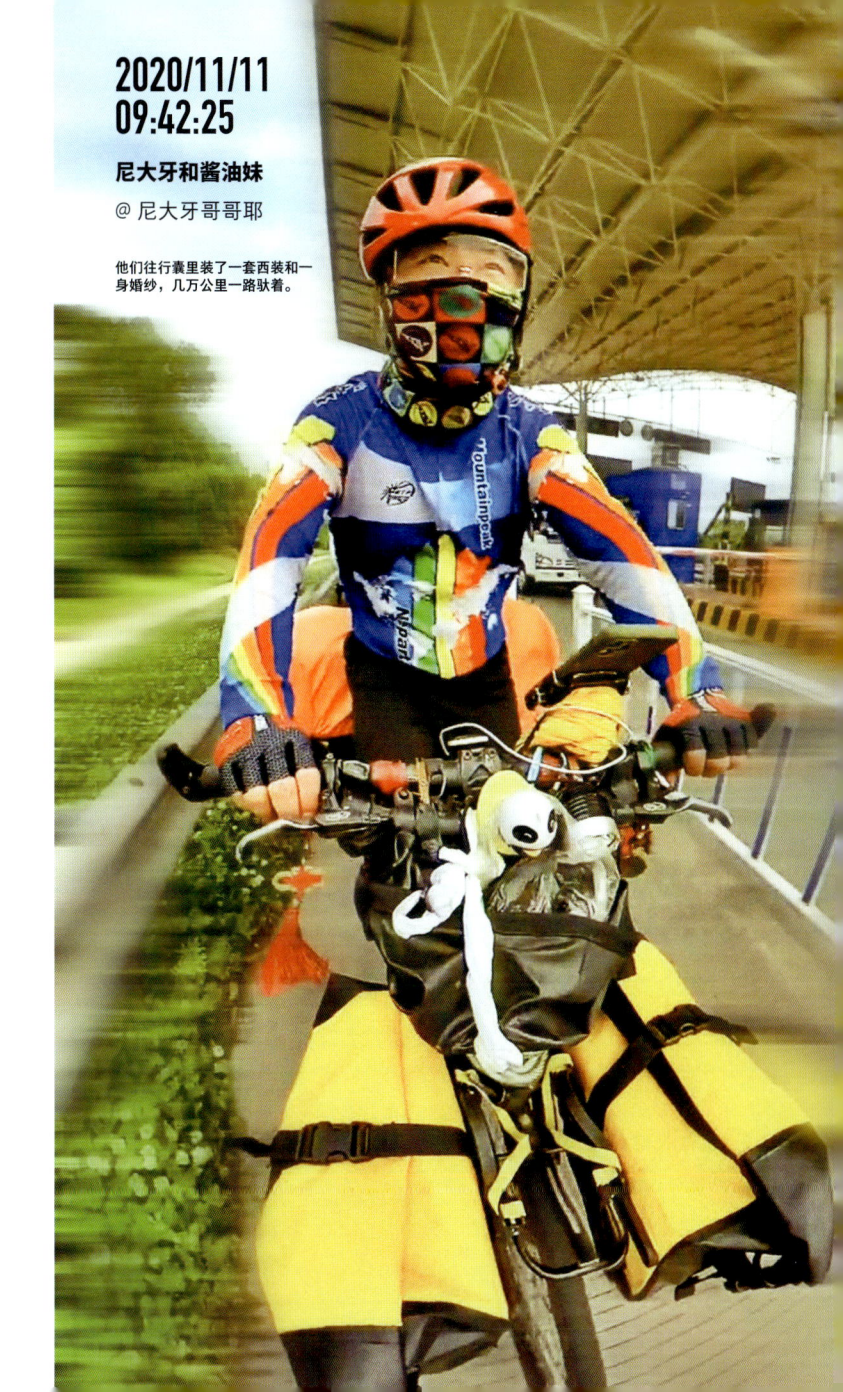

尼大牙和酱油妹
@ 尼大牙哥哥耶

他们往行囊里装了一套西装和一身婚纱,几万公里一路驮着。

上山入海

喻倩媛、高龙 / 著

1

攀登珠峰的第 49 天,汝志刚终于实现了自己的目标,站上了世界之巅。和他一起登顶的,还有 16 名队友和来自快手的 1 074 万个老铁的愿望。

挑战珠峰的全过程,被汝志刚拍摄下来。视频里始终充斥着的呼啸的风,提示着环境的严酷和无处不在的危险。攀登珠峰的第 43 天,在 6 500 米前进营地,珠峰北坡劲风呼啸,将他沉重的呼吸冻成冰,一缕缕地挂在他的大胡子上。营地到处是半裸着的岩石,黄色帐篷群的上方,几只老鹰不时飞掠,再钻入远方浓密的云雾中。

珠峰所在的喜马拉雅山脉曾是一片汪洋,在数千万年漫长的时光中，珠峰以决绝的姿态向天空伸展，背离了孕育它的海洋。极端的寒冷、稀薄的空气、随时可能发生的危险，这些都挡不住冒险家的脚步。征服这座世界最高的山峰，注定是一场勇敢者的游戏，而汝志刚，就是其中一位疯狂的玩家。

在世界的另一端，南海钓客贾维鑫满足而疲惫地坐在椅子上，品尝来自海底 300 米的美味。他刚刚结束了一场"战斗"，为了钓上这条大鱼，他完成了一场激烈的拔河比赛。对胜利的渴望刺激着他，鱼一旦上钩，就绝不松手。对鱼而言，这更是一场关于生死的搏斗，不到筋疲力尽绝不屈服。最终，贾维鑫获得了胜利，这胜利的滋味，他已经体验了无数遍，从未感觉乏味。

珠峰的山顶常常沐浴在金色的阳光之中，而海底是阳光无法光顾的地方。与最圣洁的金色雪山相对，这里拥有全世界最深邃的黑。从深海里，贾维鑫钓上过数不清的奇怪的鱼，它们有的长相奇特、青面獠牙，仿佛是科幻世界里的异形怪物，而贾维鑫对它们如数家珍。一根鱼竿和一条鱼线，将他与这个神秘的深海世界连接了起来。

2

这不是汝志刚第一次攀登珠峰，上一次是 2019 年，他从尼泊尔所在的南坡出发登顶。

在媒体发达的今天，登顶珠峰已经不像过去那样容易刺激大脑皮层，但它仍然是区分职业探险家和普通运动爱好者的主要标志。全世界成功登顶珠峰的总人数，迄今不过 4 000 多人，而从南坡和北坡分别登顶的中国人，一共只有十几人。2020 年，汝志刚成为获得这项纪录的安徽省第一人。

贾维鑫喜欢用视频记录海钓中激动人心的时刻，常常在视频中戏称钓友们"疯了"。贾维鑫以前的外号叫"队长""团长"，因为出海钓鱼的人会自动成为一个团队。现在，人们都叫他"院长"，疯人院的院长，一个疯子带领着一群疯子。

喜爱钓鱼的人着迷鱼儿上钩的惊喜，海钓的惊喜则是普通钓鱼的上百倍。"普通钓鱼钓的都是不到 1 斤的小鱼，而海钓，仅仅鱼饵就有 3 斤。" 3 斤鱼饵，能钓上 200 斤重的紫斑鱼。于是人们常常能在贾维鑫的视频中看到，海钓客拖着压弯 90 度的鱼竿，兴奋、尖叫，拼尽全力同大鱼搏斗，呈现出一种"疯癫"的状态。

贾维鑫喜欢一种叫作"抽铁板"的钓法，用一种端在手里的鱼竿，挂上一块几百克的铁板，铁板上只有鱼钩，不用鱼饵，将铁板扔到水里后不断往上抽，让它像鱼一样在水里游动，大鱼就会一口咬上去。贾维鑫用它钓到过100多斤重的金枪鱼："一咬钩我就知道是它，金枪鱼咬钩之后，鱼竿会像发报机一样点头。"要钓上这样一条上百斤的大鱼，有时

贾维鑫在南海油井勘探平台钓金枪鱼

要换好几个人轮流跟鱼较量。

在西沙群岛,贾维鑫们会"打波爬"钓"GT"(牛港鲹)。"波爬"也叫抛投钓法,鱼钩上挂一个假鱼饵,远远地抛投出去,鱼饵不会下沉,在海面上激起水花,用声音和振动挑逗鱼类。GT是海钓人最想征服的鱼类,异常凶猛。"这个鱼有多凶你知道吗?海燕贴着水面飞,GT从海里跳起来,一口就把它吃掉了。我们打上百斤的GT,它一咬钩,就拉着鱼线,飞一样地往外跑……"

这时候,鱼线得松一点,让鱼往外跑,不然线就断了。等鱼跑累了,往回收一点线,然后鱼再跑、再收线……跟普通钓鱼不同,GT咬钩之后才是对人耐性考验的开始,必须要有足够的耐心、体力和经验,才能征服这种凶猛的海洋猎食者。

3

汝志刚第一次产生征服珠峰的目标,是在2015年。那年他辞去了软件工程师的职务,开启四处游览的另一种人生。

他走访了大量著名的风景名胜和考古遗址,比如安阳的殷墟、偃师的二里头遗址、内蒙古的红山文化遗址、意大利的庞贝城、土耳其的木马城、爱琴海、里海、咸海、贝加尔湖……之后五年,他攀登过四姑娘山，爬上过乞力马扎罗山，徒步穿越过塔克拉玛干沙漠。

2020年，他来到了珠峰这个严酷和壮美交织的冰雪世界。珠峰南坡的昆布冰川不乏数十米深的冰裂缝，还有不时发生的雪崩。他经过了长达1 125米的洛子壁，这堵冰壁的倾斜度达到40°～50°，局部地方近乎垂直。

攀登珠峰是一场精神洗礼，它说的不是征服和狂妄，而是敬畏和宁静。在尼泊尔昆布山区海拔将近5 000米的罗布切村庄入口处，汝志刚看到了巨大的玛尼堆。它们用来纪念登山遇难的人，很多人跪在玛尼堆前祈祷。汝志刚回忆："在这一瞬间，时间仿佛是凝固的，直到远处马儿奔跑的铃铛声打破了这一切，我才意识到我也是登山者，我也在为我的梦想而战。"

痴迷海钓的贾维鑫是地地道道的哈尔滨"老铁"。一颗不安分的心，让他在年轻时选择远走他乡："我说要走到中国的最南方，这样每再走一步都离家越来越近。"没想到，在第一站三亚他就留了下来，一留就是半辈子。在三亚，他做过许多工作，钓鱼从浅海玩到深海，并且成立了自己的海钓俱乐部。

年轻时，贾维鑫天不怕地不怕，带着一个指南针就敢出海。一次惊险的经历，让他懂得了要对大海有所畏惧。

那是2012年，贾维鑫与一群同伴开快艇海钓，遭遇了风浪。

海浪冲击快艇，一个浪头下来，从头淋湿到脚。情况相当凶险，小小的快艇在无边的大海和汹涌的巨浪中颠簸，这是贾维鑫第一次直面生命的脆弱。

多方求救失败，他们决定顶着巨浪往回开，放手一搏。穿好救生衣，拴着一根绳子，全船人成了一条绳上的蚂蚱。整条船鸦雀无声，贾维鑫回忆当时的心境："这时候只觉得什么名利都一文不值，只要活着回去就行。"

从那以后，贾维鑫每次出海，都要做足安全措施，他不厌其烦地告诉"小白"们："玩海钓不是玩命，命只有一次，它不好玩。"但他从来没有想过放弃海钓，因为，"我爱死这项运动了"。

4

小说《乞力马扎罗的雪》中，海明威提出了关于登山的终极问题："在西高峰的近旁，发现了一具风干冻僵了的豹子骨架。这头豹子到这样的高山上寻找什么？至今没有人能说得清楚。"

乞力马扎罗山是汝志刚攀登的第一座高海拔山峰。那是2016年，他把登山称为一种"天然的激情"："我问向导这座山能不能登，他说能，我就过去了。"

那时的汝志刚达欠缺登山经验，每天喝大量的咖啡，结果连续三晚睡不着，是向导搀扶着他登顶的。如今，他已经熟悉了高山上的一切，从帐篷、睡袋、垃圾桶，到碎石、冰雪、太阳。

他把这一切用视频记录下来。风雪来临时，天空和地面白茫茫一片，登山队员行走其间，犹如一块巨型白色画布上的一个个小点；珠峰的绒布冰川绵延数公里形成的冰塔林洁白得让人感动；牦牛队的铃铛声刺破了雪山的孤寂；头顶强烈的太阳周围有时会呈现出光晕，峰顶就藏在舒展的云朵之间。

在珠峰脚下的营地，汝志刚仰拍了夕阳下金色的珠峰峰顶。它庄严、神秘，仿佛回答了海明威的提问：到这样的高山上，到底在寻找什么？

贾维鑫与大鱼拔河的场景，则容易让人想起海明威最著名的小说《老人与海》——老人84天没有钓到一条鱼，他没有认输；老人终于钓到了一条罕见的巨大的马林鱼，并同鱼搏斗了两天三夜，也没有认输。

贾维鑫说，中国南海是物产最丰富的海域之一，他从来没有空手而归。只要天气允许，他每个月会出海两次，每次在海上的时间长达7天到半个月，见过海上的所有风景。

在最适合海钓的3月到8月，海面平静得宛如一面镜子，钓鱼船稳稳地停在镜面上，天空海阔，时间仿佛就此停止。像珍珠一样的几个小岛点缀在茫茫大海上，海水清澈至极，能看到水下 20 多米深处多彩的海底珊瑚和游鱼。

贾维鑫见过最丰富多彩的蓝，海面是深沉的蔚蓝，让人中毒般地沉迷，天空是清新的湛蓝，云朵在远方反射着耀眼的阳光。日出日落更是美得令人窒息，远处的海平面深蓝至漆黑，"火"从黑水中生起，映出云霞一片通红；与天相接的地方，呈现出梦幻一般的紫色……

贾维鑫又出海了，他再次打中了一条大鱼并与之搏斗，期待征服带来的成就感。好在他并不需要背负海明威笔下老人沉重的包袱，他可以输。"跑鱼很正常，虽然鱼跑了，但我已经感受过了跟鱼搏斗的刺激。"

2020/09/22
10:02:09

贾维鑫
@ 南海钓客

玩海钓不是玩命，命只有一次，它不好玩。

2020/09/28
10:42:19

汝志刚
@ 汝志刚（Henry）

我问向导这座山能不能登，他说能，我就过去了。

石榴与花儿，蝴蝶与T台

罗皮 / 著

1

广袤乡村里的故事和美，也许在我们的想象之外。

每天上午 11 点，天光一点点从窗户里漏进来的时候，在贵州黔东南苗族侗族自治州丹寨县，杨春燕已经趴在桌前画了好几个小时的画。创作环境算不上好，一间光线幽暗的屋子，一张低矮的、摇摇晃晃的桌子，一块布，一支简单的笔，寥寥几下，布上的锦鸡、花鸟鱼虫与蝴蝶活了。

杨春燕年过 40，是一位做蜡染的侗族"画娘"。像很多侗族女儿一样，她 11 岁跟着母亲学蜡染，这份活计陪她走过半生。漫长的劳作后，她的指甲被蓝靛草染成了经久不褪的蓝色。这双手每天上午都在布上游走，画得最多的是年轻人喜欢的、象征长长久久两情相悦的"爱情鱼"。画好了就挂起来，蓝底白花，风吹帘动，整间屋子都是她的作品、饭碗和勋章。

离杨春燕不远，在贵州毕节的威宁县，23岁的之南语正走在山路上。她穿着自己做的衣服，认真地化过妆。大地是她的T台，走起路来，她不比职业模特逊色分毫，而表姐就是她的摄影师。

这个年轻姑娘的生活有两个泾渭分明的部分。一部分是纯粹的农村生活。每天早上起来，她要给全家人做饭，养猪喂牛，跟着父母一起上山收玉米和土豆，穿着绿色的解放鞋，走很远的路去挖野小蒜。家中世代务农，秋收冬藏，这是生计，是生活本身。

另一种生活是精神层面的。这位大学学舞蹈的姑娘，高而瘦削，一双细长的眼睛，一直心怀模特梦。大学毕业后，因为奶奶生病，她回乡照顾老人，之后便留在这里生活。但她没放弃自己的模特梦——身处何地都不影响自己的喜欢，更珍贵的是，家乡大山里有许多本真且珍贵的原料。

春天，她用玉米叶子做了一条短裙，光脚走在田地里，拍了第一条短视频，上传至快手。秋天，她穿着绿裙子和侄女们在森林里采蘑菇，草木疯长，雾气深重，有人在底下评论说像是北欧森林，而她们是精灵。但实际上这片森林就在她家附近，是她生长的地方，熟悉到每一种蘑菇她都能用方言喊出名字。

1 000多公里之外的同一时刻，在沂蒙山的小村庄里，年轻

这张照片拍摄于之南语家旁边的树林里，她全身以绿色修饰，响应自然

的手艺人贾喜人正盯着绣品，以及院子里的石榴和花朵发呆。贾喜人出生于1995年，大学毕业后回到家乡，做起了鲁绣。他习惯在下午和晚上创作，上午一般是他观察绣品的时刻。他会搬出自己好不容易买来的绣品，细细端详。它们是他的宝贝。

那些绣品往往都上了年头，仔细看它们，能读出一层层的意思。第一层是看技巧，是花型与针脚，这是最浅层的技术。再往深想，这些绣品往往用于婚礼时新娘的穿戴，出自她们自己及最亲密的人之手。从绣品看绣娘，有的人笨拙，花样绣得少，绣得稀松，而有的绣片上满满当当，题材丰富，绣娘手又巧。通过它们可以看到几十甚至上百年前那些女孩的憧憬、祝福与爱。

如果说这些创作者的生活都是安静的，那么在大西北，歌手张尕怂的上午是热闹的。张尕怂每年有3个月在西北采风。5月底，山口举办花儿会，在场有几十万人，每个人都可以即兴对唱。他被歌声包围，看每个女孩都是花儿，每个男孩都是少年。这是真正流淌在人血液中的音乐。

张尕怂跑遍了大西北，拜访的民间艺人不计其数。定西的魏文清，表情严肃，不和人说话，是个古板的人，但当他唱起歌来，张尕怂的心就融化了，好像人会被他的歌声带走。还有武威的冯杰元，唱凉州小调；他眼睛看不见，开一家按摩店，性格孤傲，记者采访他，他连门都不开，但他只要抱起琴，"整个人散发着光芒"。

张尕怂喜欢和他们待在一起，把他们视作创作的源泉："这种感觉就可以影响我很久，好像充了电，一年都忘不了。"他把

张尕怂在白银市寺滩村采风

他们的歌录下来，存了好几个硬盘，这给了他底气："我有这样的导师，一直一动不动地在西北，我怕什么？我怎么能不创作出好的歌曲？"张尕怂再也没有用普通话唱过歌，他用西北方言唱，每一句都唱得格外舒服。

2

这些创作者并非狭隘的地方主义者，他们都见过外面的广阔天地，最后回到家乡，在这里找到灵感的来源。

在之南语的视频里，最迷人的背景是贵州的山水云雾。在山中长大，她对季节变化有着超越常人的敏感。秋天叶子落了，风雨云雾多起来，很自然，她想要做一些类似主题的创作。在刚挖完土豆的宽阔土地上，在灰色的干枯草地上，在夏日茁壮的绿草坪之间，她穿不同颜色的衣服，与季节和气候呼应。

她做衣服也都是从大自然中取材。比如玉米叶、树叶、山中的野花野草，父亲废弃的塑料薄膜、家里的塑料袋，都曾被她做成短裙、长裙与包臀裙，家里的被单和旧衣服、网友寄给她的婚纱样品，也都成了她的原料。她没有缝纫机，只有一根针、一根线、一把剪刀，碎布头都能被她反复利用。她说："每天做一件衣服，一年过去我就会拥有365件衣服。"

之南语给母亲洗衣服时看见了这件花T恤,并因为这件衣服产生了联想,参考一部电影进行了创作表达

在临沂的村庄里长大，贾喜人有着和同龄人不同的童年记忆。他的姑姑就是一个绣娘，他从小看她剪花样、剪纸和刺绣。姑姑手巧，刺绣是她的工作，也是她最大的爱好。农村里最常见的画面，就是老太太们拿着针线筐，在太阳底下扎着堆儿做虎头鞋。这些经历塑造了贾喜人。

鲁绣绣的都是生活里的常见事物，比如家家院落里都会种的石榴、柿子和葡萄。贾喜人常常坐在院子里，长时间凝视一颗石榴或者一只昆虫——在他看来，要绣得好，最重要的就是观察。"从小我也下过地，下过河，干过各种农活，对土地有深深的情感，一草一木都是有灵魂的。"贾喜人说，"老一辈刺绣的图案都是来源于生活，根据自然形态来的，如果你不观察那些昆虫、那些花朵，你就想象不到也绣不出非常生动的形象。"

歌手张尕怂，在大理与甘肃两地生活。2015年，他在大理开了家店，什么都卖，吃的、啤酒、衣服……大理是个适合生活的地方，闲着没事干，他就陪儿子看《奥特曼》和《小猪佩奇》。但只有回到甘肃，他的创作力才能被激发出来。

那是一种类似磁场一样的东西。他在那里能听见风吹动草地，听见邻居喊家里孩子吃饭，拖着西北人特有的尾音——"吃饭咯"。还能听见鸡叫、狗叫、鸟叫，听见奶奶的叹息声，然后他的灵感就来了。疫情期间，他被困在老家，陆续写了十几首歌。"你有这么多素材,有这么多激情,出来的作品一溜一溜的。"

他提到甘肃的民间艺人贾福德,80岁,胡子花白,牙齿几乎掉光。"唱歌有多厉害呢?我像看见了大海。"他说,这些人是他要模仿、要学习、要致敬的。这样的人像明灯,他们一直在那儿,他自己也就能这么踏踏实实地待着。

不只是他本人,听众聪明的耳朵也能辨认出他那种西北人的磁场。有人听了他的歌,在微博上写道:我觉得他前世一定是开元年间长安西市里,做完一天买卖后坐在地毯上,一边喝着高昌葡萄酒,一边等烤得喷香、金黄、流油的羊肉"古楼子"出炉,一边弹琴欢歌的一名胡商。

3

2020年4月,之南语刚从城市回到家乡的时候,父亲实在不理解,他沉默了一段日子,后来终于开口——说村委会的大学生村官招助手,希望她去应聘。父母觉得她目前做的事不稳定,也不挣钱。但她立刻就拒绝了,她不喜欢别人定义的安稳,觉得自己做的事情有价值,也很重要。

她在快手上的粉丝越来越多,很多人被她激励,她也给他们互动与回馈。前阵子有个女生给她留言,说自己正在考证,压力很大，之南语就做了作品安慰她，作品的名字叫《拨开云雾见天日，守得云开见月明》。

完成这样一个作品并不容易，要早上和晚上拍两次。早上她化了一个很狼狈的妆，口红晕得满脸都是，站在茫茫烟雾里。到了晚上，改成漂亮的妆容，脸上挂着珍珠，站在明亮的火把中间。她想告诉这个姑娘，一切都会越来越好。这位粉丝也在下面回复她："谢谢你，你是滑落在我这儿的星辰。"

和之南语的处境相似，贾喜人从吉林大学毕业后回到农村老家，走的是一条和同学们都不同的路——最初家人觉得费解，但好在他还有一个同道中人，就是做了一辈子绣娘的姑姑。刺绣这活儿安静、寂寞，所有事情都需要独自完成，实在觉得孤独的时候他就去姑姑家里，俩人一边刺绣，一边唠唠过去的事情。

现在，刺绣是他的一切，他的微信签名是三个字——小工匠。他做绣品，在快手和闲鱼上卖，很多人都说他的绣品是他们买过的最好的作品。但他还是入不敷出——因为他把这些钱都用来买老绣——下乡收古董的人从农户家里收来老绣，再转卖给他。他买过最贵的一套山东嫁衣要几千块，但这也是他快乐的来源。前些日子，他又买到了一批稀有的绣品，漂亮，绣工也好，他把它们发在朋友圈，说："生活又苦又累，还是要继续。"

在贵州丹寨，40多岁的绣娘杨春燕很满足于当下的生活。

2020年10月,贵州黔东南苗族侗族自治州排调镇双尧村,杨春燕(中)和家人盛装参加苗族新米节

在大山里的前半生,她是挣扎着活下来的,读到小学二年级辍了学,去工厂打过工,在蜡染厂画过蜡,但那些都养不活一家人,还得做农活。这几年她有了名声,靠着画蜡开起了工作坊,作品拿了大大小小的奖,北大的学生、国外的学员也不远万里跑到寨子里来寻她。他们一家算是彻底告别了土地,告别了面朝黄土的生活。

她很爱自己的女儿,快手账号里有许多关于女儿的视频。她自己这一代女性,学画蜡是为了找个好夫家。而她的女儿不一样,她们逐渐获得了更多的自由,学画蜡完全是因为喜欢。杨春燕靠着画蜡的收入,攒够了女儿上大学的学费。2020年,女儿正经历着……大学生涯里的第一个冬天。母亲杨春燕给她打好了底子,她会走得更远,活出完全不同的人生。

(部分内容引自"人物"《张尕怂:我火吗?为什么我还这么穷?》)

**2020/06/06
11:01:01**

张尕怂
@ 张尕怂

他被歌声包围，看每个女孩都是花儿，
每个男孩都是少年。

2020/11/19
11:08:37

之南语

@之南语

身处何地都不影响自己的喜欢，更珍贵的是，
家乡大山里有许多本真且珍贵的原料。

2020/10/25
11:19:03

贾喜人

@ 贾喜人

如果你不观察那些昆虫、那些花朵,你就想象不到也绣不出非常生动的形象。

11:00-12:00

石榴与花儿,蝴蝶与T台

**2020/08/26
11:33:45**

杨春燕

@ 苗族蜡染非遗传承人杨春燕

画好了就挂起来,蓝底白花,风吹帘动,整间
屋子都是她的作品、饭碗和勋章。

- 天南海北的午餐
- 高空中的滋味
- 无用爱迪生
- 午后的时光
- 动与静
- 孩子们的宇宙

天南海北的午餐

陈肖、黎小军 / 著

1

卡车司机愚大海不记得上次感受到与亲朋围聚在一起吃饭的温暖是什么时候了。每天陪他吃饭的是一只叫"苹果"的、不到一岁大的狗。中午,他用三明治机烤馒头片和培根,盛到白瓷盘里,三脚架支着手机录快手视频,打开车门出去剥个鸡蛋的工夫,坐在副驾驶的苹果就把培根叼走了。愚大海回来,摸摸苹果的头,索性和苹果分享三明治。

"吃孤独"是他常挂在口头的话。前些年向他借钱的亲戚跑了,他担下债务,亲友散了不少。开着 18 米长的货车,他在家乡安徽、长三角和河南间跑货,每天两顿饭,夜里困了就在车后排睡——2 米多长、90 厘米宽,像个单人床。天亮又启程。

对自己好一点的方式，就是花上 20 分钟到 2 个小时，好好做饭，好好吃饭，"当歇歇"。如果不用赶着给公司交货，愚大海会在长三角某处的高速路服务区停下来做饭。路边时有同行，大家互不相识，点点头算打招呼。

车上有个小冰箱，装着他空闲时采购的蔬果。他会煮简单的面条，也会在炉子上烤鱼；或者剪腊肠、葱段，加酱料、熟米饭，在电炒锅爆炒，做成一盘有滋味的料理。喝雪碧，他要加上一片从保鲜盒里取出的柠檬。偶尔切个芒果榨汁，和牛奶一道熬煮成奶黄色，加吉利丁片冻成形，再加入自己用冰激凌粉加牛奶制的草莓冰激凌，切几片火龙果，作为餐后甜点。

愚大海在快手有了好几万粉丝，有时在收费站被认出来，打个招呼，又各忙各的。"不管怎么折腾，只是孤单的一种宣泄罢了。"他老这么说，他的伙伴还是只有"苹果"，"到晚上该睡觉了，它就躺在你边上，跟孩子一样黏着你。"而第二天，又是一样，他中午吃好饭，把拍完的视频配上一首沧桑的粤语歌，发到快手，继续赶路。

2

"美食和风景，可以抵抗全世界所有的悲伤和迷惘。"久巴

舌尖上的藏餐

告诉我美食对于所有孤独的人的意义。说这话时，他在老家青海海南藏族自治州的村子里，刚刚一个人从山上放羊回来。

很多人认识久巴是通过快手短视频上的这个画面：海拔3 000多米的苍茫草原上，这个25岁的汉子面前摆着小几，牦牛肉被切成一块块扔进水烧沸的锅；他又利索地下菜下面，盛进海碗，吸溜吸溜地吃。

和愚大海一样，久巴也总是一个人吃饭。他一年四季随牧场迁徙。初夏天暖羊肥，村里200多户人互相帮着剪羊毛，羊毛剔下来，滚成一股股长绳，做过冬的被子毯子，这是一年中为数不多的集体生活。8月，久巴一早就从村里出发，下午赶到夏季牧场搭帐篷，在这个和青海湖只隔着一座山的地方住上2个多月，每天在山上放羊赏景。"山高，下面都是云海，旁边就是青海湖，特别美。"

秋天来了，他又把羊赶到一个草多但没电没信号的地方。每次下山，他进县城采买够用一周的食材和酒。在家人过去轮值前，只有他自己对着羊和山。

久巴是家里的长子，七八岁开始独立放牧，不到10岁，就会做馍馍、卤肉、酥油茶。快手是2018年开始用的，他发了个人参果米饭——白米饭加上人参果、枸杞、葡萄干、酥油、白糖，第二天一早，粉丝从100多涨到了两三千。"这个短视频太神奇了。"他开始在上面宣传藏餐。接着做牛奶泡馍，把大红枣盛放在薄饼上，倒入牦牛奶，上了热门；做糌粑，两天播放量突破百万……

"特别好，特别好。"久巴感叹，他以前画唐卡，夏天在藏区各地寺庙画彩绘壁画，冬天到西部的各大城市打工，对每个城市都没有归属感；而牧区悠闲，他对自己的身份认同是牧民："只要把牛羊养好就可以了。"

到中午，他已经上山至少4个小时了，艳阳把他脸庞晒得很黑——夏天7点半，冬天9点，每周有三四天，他吃完早饭就独自领着家里的300多只羊到草场。午时，他将羊肉切丁，和上洋葱末、生鸡蛋，用手搅成一团，扎扎实实按在煎锅里，做了个肉饼，加上肉肠、沙拉酱、番茄、生菜、奶酪片，两片面包一夹，就是久巴独家的"草原大汉堡"。

久巴想在放牧之余，让内地网友认识精致、干净、美味的藏餐。他说自己煮牛羊肉特别香，诀窍是"早上要骑摩托或者开车，上山接一桶泉水，泉水煮肉，特别清澈"。而夏天存的风干的牛粪羊粪就是最好的燃料。泉水烧开，新鲜的牛羊肉加上盐、生姜、花椒，就是可以告慰孤独的美味。

同样有美景的，还有四川阿坝州小金县。经过40多道弯上山，盘旋的老鹰、红嘴鸦，奔跑的矮兔，晒太阳的牦牛……上了麻足寨，就回到了原生态的大自然。2016年，张飞成为甘家沟村的扶贫书记，这里就成了他最关切的地方。

他积极帮村民建养殖场，但多年来，要卖货，村民必须清晨走几个小时山路到县城摆摊，有限的销售渠道下，张飞想方设法寻求突破。

在弟弟的建议下，张飞开始在快手记录自己的扶贫生活，从最朴素的怼脸拍、不剪辑，到主动学拍摄技巧、学引流，他卖力推销当地农产品。妻子李萍专做黑猪肉精加工，将村民的猪肉制成腊肉，试图解决销路问题。但腊肉易坏，寄一次要开车到县城，利润微薄。

而真正引起关注，靠的是山顶的美景。2018年9月，张飞上山走访贫困户，被傍晚热烈的火烧云震撼了。第二天，他租下两间民房，带着妻子来此处安家。每天中午，他们在崖上吃饭。2019年1月，一个悬崖边用餐的视频引起了海量网友点击，张飞迅速吸引了几十万粉丝。

"云庭之处，忘忧之所。"2019年夏天，雨后云雾缭绕，坐在悬崖边赏景的张飞忽然想到了这个名字——忘忧云庭。2019年一整年，李萍卖出了10 000来斤熏腊肉。张飞帮助村民卖出了10 000多斤苹果，增收50 000多元，销售松茸300多斤，增收60 000多元。

更有快手网友慕名登山，来到这处解忧之所，有人在这里一住一个月，有人夏天跟着村民上山捡松茸。每日午间，张飞一家，还有带着好奇跋涉而来的旅人，就在山顶云海中的方桌边享用农家午餐。

2020年春天，张飞找到了合伙人，一起发展忘忧云庭，盖起了一栋有9间房的民宿。二楼的每间屋顶，都有方形玻璃窗，夜里可以看星星。而中午，游客们就可以享用美食，李萍擅长做菜，朴素的白瓷盘装着红烧牦牛肉、炖土鸡、炒腊肉……用的都是当地最新鲜的食材。

电缆工人阿依布布也在高山工作，但他的工作环境比久巴要危险得多。中午，当写字楼里的城市人在空调房里点外卖时，他们不会想到，头顶通明的灯光和数据线传给手机的电量，都是由海拔数千米的山上，一群和阿依布布一样的"高空舞者"攀在风中的高压线上，为他们输送的。

大约12点，坐在四川巴中山区一根高压线上的阿依布布打开他的午饭——那个不锈钢保温桶里装着前一日他匆匆准备的土豆和米饭，在工地搁了一上午，由同事从山间平地往上空运送至少几十米，等他打开已经凉透。他用大腿夹着保温桶，捧着餐盒，吃下一大口。

阿依布布的工作时间随日出日落而定，只要天还亮，他就在几十米甚至100多米高的空中，拆除、安装电缆。系着两道安全绳，从信号塔的外侧攀着脚钉一步步爬到工作地点，需要10分钟。累了，就坐在信号塔上闭目养神。他在快手发布的视频里，十来位同事由一条线悬着坐在塔吊上，身后是云雾，大家不敢睡着。山间多雨雪，运电缆的卡车常受困，阿依布布他们经常要在泥泞山道抓着绳子一齐拖车，或是在飘雪中扛着电缆线往山上走。

出生于贫穷的大凉山，阿依布布没法过上普通人一路考学的生活。2016年年底刚成年，他就跟老乡去当电工，被派到青海的山里安电缆，第一天就要爬超过70米高：冷冷的日光照着结冰的山，电缆上覆着雪，他裹着大棉衣，喘着休息了好几次，等歇下来，带去上工的矿泉水已经结成一坨冰。

但一个月能赚4 500元，扛过高原反应，他撑了下来。"用时间慢慢习惯。"这几年，他的足迹遍布青海、天津、河南、陕西、甘肃、四川。他总是带着最简单的行李，在城市之外飘零。"年轻是要拼的理由。"他说。

2018年，一次等运输材料时，阿依布布掏出手机，拍了他和同事在高空中大风里吃饭说笑的小视频，在快手获得了700多万播放量。那是大家一天中极少的能拿出手机的时候，阿依布布记录下自己的工作环境。

现在中午工地上有人会给他们做饭，简单的土豆、白菜，或者茄子配米饭，等送到他们手里，也是凉的。但这是阿依布布一整天危险繁重的工作里，最清闲舒适的时刻。"我把最乐观、最好的一面展示在快手了。"他说。

4

在阿依布布吃着凉掉的饭菜时，一位来自江西小镇的小学校长章站亮，为全校一到四年级的 14 个孩子端上了午饭。

学校操场的一角就是章站亮的厨房和孩子们的食堂。秋天的每个中午，他把落叶铲进铜炉子烧火，这是他自 2018 年 9 月上任该校校长以来买的第三个炉子；旁边那口黑色的大铁锅，已经给学生做了几百顿午饭。

市场菜贩都认得他，喊他"校长"，给他优惠价——他的快手账号"快乐小学堂"有超过百万人关注。他所在的江西省鹰潭市春涛乡黄泥小学，生源都是父母在外地打工的留守儿童，大多数学生家庭条件困难，由爷爷奶奶抚养。在他上任前，孩子们的午餐都由家里老人送到学校，最远的家长来回要走将近一个半小时，孩子们常吃冷饭。

章站亮对学生家庭情况摸底后，决定自掏腰包，让孩子们每天中午吃上一顿热乎乎的好饭。两年多来的工作日，他每天早上 7 点前骑着摩托，从县城的家里赶到不远处的菜市场。一大袋肉和菜用两腿夹住，再骑 20 公里路，8 点以前赶到学校。开会、晨读、上课，学校连他在内共有 4 名教师，章站亮自己教授语文课。紧凑的上午结束，他到操场边一个人劈柴、提水、洗菜、切菜——他不愿意增加其他教师的负担。

"今天吃红烧鸡翅好不好？"他问学生。

"好！"大家兴奋地围着章站亮，日日相处，早褪去了腼腆和不自信。较大的学生会来和章站亮一起做饭。"一顿饭里有他们的劳动成果，他们心里更舒坦一些，更有成就感。"

一荤一素的菜谱是章站亮提前一天甚至一周规划好的。"营养搭配要比较合理，又要让孩子喜欢，尽量不要重复。"东北大乱炖、红烧肉、鱼头豆腐、玉米排骨汤……小孩贪食油炸食品，他偶尔满足。做炸鸡排的那天，一定会配上青菜。吃饭时，他潜移默化地教导学生：青菜没有肉好吃，但对身体有好处。

12点，二十几个不锈钢碗摆满大树下的木桌，老师添饭、盛菜，大家叽叽喳喳地笑着开动午餐。视频拍好，孩子们又凑过来看，互相指认："是他！是你！是我！"

"校长，把你账户给我。"在快手走红后，章站亮拒绝了很多钱款的帮助，只愿意接受大米、食用油、书籍这些孩子们用得上的实物。他说，他希望能让农村的孩子健康地走出农村。

中午大家吃饭就在操场上那棵常绿的大树下，树上有个鸟窝。网友说："校长就像这个鸟巢，那些孩子就像鸟巢里面的小鸟一样。"

（部分内容引自"人物"《云上的"解忧"餐厅》）

2020/09/23
12:10:47

阿依布布

@ 诺苏高空舞者（阿依布布）

他们不会想到，头顶的灯光和数据线传给手机的电量，都是由海拔数千米的山上，一群和阿依布布一样的"高空舞者"攀在风中的高压线上，为他们输送的。

2020/06/03
12:19:22

久巴

@ 放牧快乐【久巴】

美食和风景，可以抵抗全世界所有的悲伤和迷惘。

2020/09/18
12:30:12

张飞

@ 忘忧云庭

云庭之处,忘忧之所。

2020/11/14
12:38:42

章站亮

@ 快乐小学堂

校长就像这个鸟巢,那些孩子就像鸟巢里面的小鸟一样。

12:00-13:00

天南海北的午餐

2020/07/25
12:45:49

愚大海
@ 愚大海

不管怎么折腾，
只是孤单的 种宣泄罢了。

高空中的滋味

Cynthia、丫老师 / 著

飞机爬升至 11 000 米高空的平流层，很少有人比民航飞行员大马更懂在云间穿行的滋味。

飞行员必须擅长对云层"察言观色"。从地面看来壮观、翻滚的积云，表面看来是有形状和颜色的不同，其实里面可能隐藏着雷暴。大马知道如何识别它们，如何巧妙地穿过两块积云。他还知道危险的积云通常很"狡猾"，需要在它不停流动的同时做出预判，尽量从上风向避让它。

逐渐拥有驾驶飞机的感觉，这是一种从量变到质变的积累。对于飞行总时长超过 3 000 个小时的大马来说，现在这种状况仿佛一场空中的追逐游戏。依据机长的指示，他越发自如地带操纵杆、收油。

飞行是会让人上瘾的。10 年前，他还在新疆的航校学开飞机。

航校离阿拉山口两三百公里,附近风特别大,冬天停机坪的温度可以跌至 −40℃以下。他穿了两条棉裤、几双厚袜子,脚上还是长了冻疮,现在都留着疤。但他仍怀念那段日子。雪山的峰顶在阳光下反射五彩的光,又倒映在艾比湖沉静的湖面上,这是他最初从另一种视角欣赏世界的模样。

2020 年的新冠肺炎疫情受到控制后,他的工作时间基本恢复到了平时的八成,一同恢复的还有"堵飞机"。乘客因为飞机晚点而烦躁、抱怨,飞行员其实也没辙。但这偶尔会给他带来意外的"惊喜"。在最近一趟从济南飞往南宁的晚点航班上,飞机爬升至云层之上,云和天之间显出一条红色的天际带。大马的形容突然变得诗意起来——那时天色将黑未黑,如黎明前的一抹暗夜,又如黑幕下的最后一道黄昏。

透过驾驶舱前方的玻璃,天空更为完整、辽阔地在他眼前铺展开来。他最想与 2 岁多的女儿分享它的悠远与变幻莫测。他想着要买一台天文望远镜,想着要带女儿去呼伦贝尔的草原心无旁骛地看天空。

小女孩也许还不懂这份壮美。她抬头望天时总在找飞机,"我爸爸开的大马机"。

在黑龙江西部的松嫩平原,对飞翔的渴望则是一种天性。身穿迷彩作训服的刘楠正要打开笼舍,50 多只丹顶鹤已经在笼子另一端喳喳叫唤个不停。

门"哐"的一声松了。刘楠转身，张开双臂，跑上前方的一个小坡，丹顶鹤跟在他的身后跑几步，纷纷张开双翅。刘楠此时才停下脚步，仰起头，望着它们直上云霄。

这里是扎龙国家级自然保护区，也是独步世界的"鹤乡"。刘楠16岁起就在这儿养丹顶鹤，夏季每天将它们放飞4次，冬季2次；一年365天，天天有游客来观赏丹顶鹤盘旋天际或优雅地在湿地捕食。

保护区的目力所及之处沼泽绵延，水草繁茂，芦苇荡长得比人还高。丹顶鹤是国家一级保护动物，截止2020年全球仅3 000多只，而扎龙就有400多只。这里的丹顶鹤每只都有自己的编号，如同"身份证"。与丹顶鹤朝夕相处的刘楠懂它们的心思，什么时候饿得吱吱叫，什么时候欢喜得展翅舞蹈。

丹顶鹤也知道怎么讨刘楠欢心。他美滋滋地谈起167——刘楠上下班时要撑船过一条十来米宽的水沟，167几乎每天都会站在船头迎来送往。他也喜欢看123和049这对"小夫妻"整天腻在一起。外人看来丹顶鹤都长一个样，刘楠却上来一股劲儿，觉得它们体形、叫声和动作都不同，"一眼就可以认出来"。

即使是自己特别喜欢的几只鹤，刘楠也从不给它们取名字，只以编号称呼它们，也许是因为丹顶鹤随时会飞走。谈起这些，他的语气突然柔和起来，回想着特别温顺的190，"还给你跳舞，像撒娇一样"；它的"老公"131体形特别好看，"有范儿"。5年前它们飞走后，刘楠还梦见过它们好几回。

"你得让它们自由，不能控制它们一辈子。"他说自己没念过太多书，讲不出什么大道理。他琢磨着它们可能飞去了日本、俄罗斯，这是从没出过国的刘楠没法想象的远方。国外有时会传来"飞丢"的丹顶鹤照片，但至今没有190和131的消息。刘楠总心想："说不定哪年就有了。"他已经养了20多年丹顶鹤，往后的20多年也只会养鹤。

七八年前，刘楠也在保护区找到过不愿回笼的丹顶鹤。他隔着几十米望着鹤，鹤也望着他，就是不回来。"闹心啊。"刘楠说。但他也只能看着鹤，最后空手而归。

每天的午休在1点多结束。此时，刘楠会走进笼舍给丹顶鹤喂水、喂白菜、喂玉米，准备2点的放飞。不久后，同事会用两面红旗打出旗语，他会站在老位置，引领丹顶鹤放飞。最疼爱的两只鹤123和049也会在笼中呼呼地扑棱翅膀。

也许哪次放飞后，123和049便再也不会回来了。就像5年前再平常不过的一天，那天阳光正好，游人如织，190和131像往常一样在半空盘个圈儿，伴着叫声飞向远方的天空。刘楠感到伤心，却也豁达："它们有翅膀，想去哪儿去哪儿，比我们自由。"

对安徽阜阳的"蜘蛛人"小芳来说，离开坚实的地面却是另一回事，让她"神经绷得老紧老紧了"。

下午1点多，她站上33层顶楼边缘的矮墙，娴熟地拴紧"牛鼻子"，拉着安全绳，准备把自己"放"到半空中。小芳现在可能是粉丝最多的外墙油漆工。她戴着褪色的蓝帽子，半蹲半跪，背对高空，试探着用脚去够一块系在墙外的坐板。

坐板是一条窄窄的木板，它60厘米长，14厘米宽，宽度还不及小芳脚长。小芳拽紧栏杆，右脚踩上，左脚跟上，坐板在空中晃动了两下。

哪怕已经做了13年，这一刻小芳依旧屏住呼吸。她挪动着坐稳，接过工友递下来的两桶涂料，分别挂在坐板两端的挂钩上，下午的工作开始了。

工地从来不是女性的主场。最初几年，小芳大多跟着丈夫做，站在钢管架子或者施工吊篮上刷外墙。而像"蜘蛛人"一样挂在半空作业，用内行的话来说叫"放绳子"，难度更大更危险，所以工钱也更高。2012年的一天，她接到朋友电话："这边'放绳子'你来吗？二百二。"

"二百二啊！我一听激动得不行，就是捡钱的感觉。"当时小芳"做钢管架子"是每平方米120元，家里还背着丈夫承包工程失败的欠债,小芳没有多问就兴冲冲地赶去,到现场才傻眼——这是栋26层的高楼。

那天已经有两名男工人去试了,又都"嗷嗷叫"地被人拉上来,更何况她一个女人呢?老板望向她。

"我特别需要这份钱,不能因为你一个眼神我就走了。"小芳还赌着一口气,"不能走,我一定要改变你对我的看法,对我们女人的看法。"

小芳系好了绳子把自己放下去。在离地百米的地方,她想哭、想回家。可是她要强,哆嗦着,竟硬着头皮做完了。从那天起,大家都知道了——小芳是"放绳子"的。

这份工作是字面意义上的"命悬一线"。有一回,天气预报说会有大风,一直等到早上8点还一切如常。犹豫了许久,小芳决定下去——能挣半天钱也是好的。

当她下降到28层的时候,隐隐约约感觉起风了。把这点抹好就赶紧下去,她这么想。但起风的速度太快了,小芳当天面对着一面平滑的外墙,没有阳台,没有窗棂,没有着力点。风吹起来,后来她的搭档说:"小芳像风筝一样飘在外面。"

小芳满脑子都是一个声音:"这回完了。"风和绳子的牵引力把她一次次撞向墙面。多亏了经验丰富的搭档,他快速地跑到一楼为小芳控制住主绳。工友把绳子一圈圈缠在自己身上,之后整个人又死死躺在地上压住,才拖住绳子。

为了不让家人担心,长达 8 年的时间里,她始终没有透露自己工作的真实内容。2018 年,一个朋友偶然给她拍了视频,上传快手后粉丝越来越多,视频被推上了热门。和小芳婆婆一起工作的同事看到了,那人并不知情,分享给婆婆:"你看这女的多厉害。"

这下全家人都知道了。

当天回到家,公公婆婆把小芳的丈夫拉过来就是一顿打。小芳的父母一句话没说,反而让她心里更难受。在家里人的劝阻下,小芳也一度改行,但都不如"放绳子"挣钱。最后老人也妥协了,只是让小芳承诺今后干活前后都要给他们打个电话。

小芳和丈夫在安徽阜阳的一个小区粉刷外墙,他们正在准备当日所需材料

两人工作种类不同,鲜少有机会在同一小区工作。他们珍惜这样的
机会,工作结束前后都会互相打个照应

亲人们关注她的快手,小芳却用父母的手机把自己的账号拉黑了。"我不能让我爸妈看,我妈只要一看我的快手就泪流满面。"

这些年随着坐板在半空中升升降降,小芳用自己赚到的钱还清了家里的债务,攒了60万,给两个儿子在镇上买了房子。但有时候,她会陷入对自己的怀疑之中。

她觉得自己作为女儿、妻子和两个孩子的母亲,没有哪个身份是合格的。作为女儿和儿媳,她虽然孝顺却无暇照料;丈夫不善言辞,尽管生活里她始终在逗丈夫开心,她仍然不确定自己对他的照顾是否周全。她也没有充足的时间陪伴两个孩子,尤其是大儿子。在他的成长过程中,小芳忙于赚钱,心里始终觉得亏欠。

而直播缓解了她的焦虑。大家眼里的她似乎全是优点，老铁们夸她是好女人、好媳妇；而在交流中她也发现，原来大部分人都一样，只要是为生活奔波忙碌的人，都对家庭怀有歉疚。她不再苛责自己，变得自信起来。

一次直播里，丈夫接她下班，她坐在摩托车后座，一手拿着手机，在风声中，她举起另外一只手臂，欢快地喊着："下班啦！"

**2020/11/20
13:15:33**

刘楠
@ 扎龙生态旅游区元南

你得让它们自由,不能控制它们一辈子。

2018/10/14
13:24:12

大马
@飞行员,大马

乘客因为飞机晚点而烦躁、抱怨,飞行员其实也没辙。但这偶尔会给他带来意外的"惊喜"。

13:00-14:00
高空中的滋味

2020/12/05
13:24:28

小芳
@ 蜘蛛人小芳

不能走,我一定要改变你对我
的看法,对我们女人的看法。

无用爱迪生

小沈 / 著

下午 2 点,王业坤失联了。

这是约好的采访时间,2020 年 11 月 19 日下午 2 点,王业坤应当在跟记者打电话,但他没出现。

山东聊城莘县河店镇,王业坤站在一个农家院里立石头。"立"在他这里是个职业术语:啤酒瓶、装着金鱼的高脚杯、电冰箱、坐在椅子上的人……王业坤喜欢把它们用不合理的角度码放在一起,靠平衡立住。他最近偏爱的材料是石头。

下午是他的空闲时间。王业坤这时还在立东西只有两种可能:他遇到了挑战,或者状态不好。那天之前,他做过几件石头作品,石头和老虎钳相互支撑的、在河边高高摞起的……这次他想整个动态的,有石头有流水。即使从 2017 年开始尝试立东西到现在,已经专职做了 2 年,这件事还是难。现在,他在尝试,失败的后边还是失败。

河北保定定兴县杨村，耿帅曾在某个下午做出一项决策：他决定花 600 元钱买一个新电机。买电机是为了安在一个不锈钢背包上，做背包是为了安上拳头，近距离格斗。为什么要做一个会出拳的背包？没有为什么。没人会用这个背包格斗。

发明没人用的东西，就是耿帅认真做的事业。这个背包是他做的第 100 件产品，这是他从 2017 年到 2019 年的发明数量。

重庆市潼南区石盘村，蒋欢这会儿已经在村里待了大半天了，天一亮就从县里回到了村里的老家，和小团队的伙伴们找块地方演戏——曾经的拍摄场景包括但不限于土路、水田、猪圈、小河。拍摄器材是手机，拍摄道具从泥巴升级到芭蕉叶、庄稼秆和垃圾袋做的道具，又升级到纸板箱泡沫板……综合以上素材得出一条五毛特效的小视频，就是蒋欢生产的劳动成果。

不生产的日子里，蒋欢常常在玩，每天打游戏。视频从 2015 年拍到 2020 年，他陷入了创作困境。

他们是快手上的普通人之一，他们做的不是什么有用的事情。

王业坤在快手上叫"平衡术笨笨坤"，现在粉丝有 200 多万。

那天下午，他的石头造型没做好。自己不满意的作品"就算了"，他没把视频传到网上。"每个造型不是说随随便便就做好，要失败很多次。失败的次数越多，成功了我越开心。"

做平衡术是他以前没想过的事。王业坤高中毕业没考上大学，做了十四五年水电工。他小时候也喜欢立东西，出去玩的时候立砖块和农具，上学就在桌上立铅笔橡皮，七八岁的时候立椅子还摔过，磕到头了，那一下到今天都忘不了。他当了水电工之后就不弄这个了，得挣钱养家，而且——"给谁看呀？"

直到 2017 年，有一次儿子放学回家要给他变魔术，扑克牌穿透纸币。魔术很普通，是儿子从一种叫快手的短视频 App 上学的。王业坤也注册了快手，那年 3 月，他发了第一条视频，摘了 6 头弟弟种的大蒜，在镜头前立了起来。

后来他陆续立过手机、瓶子、小勺等等。起初粉丝不到 200 人，基本都是自己认识的或者附近村里的。但有人看，看完还有互动，他兴致来了。白天干活，晚上回到家再累也得立个什么。

做这件事本来是什么都不为的，而王业坤能站在央视的舞台上表演，更是一件谁都想不到的事。他也不知道自己即将需要应对一些提问，乡亲里会有人说"农民去央视可了不起了"，也有人说"你这纯属是笑话"。隔段时间就有人问播出的事情："是没成功吧？"

事情的第一个转机发生在 2017 年 7 月，他立了两个高脚杯，里边游着金鱼，一下涨了 20 000 多粉丝。后来他分析原因，看的人多是因为"他们感觉不像真的"。邀请上央视也发生在那年，央视七套的节目导演给他发了私信，邀请他上节目。起初王业坤还把人家当骗子。"咱一个普通老百姓怎么上央视大舞台？"

真正去央视是在 2017 年年底。节目是 12 月 5 日录的，他提前在家练了一个月。去之前两三天，王业坤才把事情告诉同村人——没在别人面前表演过，他心里没底。王业坤打开了村里的大喇叭广播，让村民来广场上看自己表演平衡术。

于是，大家都看到了同村的王业坤在央视立耙子，跟嘉宾曹颖和农民歌唱家朱之文互动，还在一个旋转画框里立了瓶子。后来王业坤的生活干脆变了：他又上了央视三套的节目，再后来，上海油罐艺术中心的文化艺术节开幕也邀请他去表演："本来我就是一个农民立着玩的，想不到人家把它当成一种行为艺术了。"

耿帅在快手上叫"V 手工～耿"，他的分类是"手工领域创作者"，现在粉丝有近 500 万。

那个下午，他的决策起了作用：拳击背包换电机之前的出拳速度是每秒两拳，换上新电机后，转速高达每秒 200 转，拳速有了大幅提升。

出拳的速度有谁在乎呢？可耿帅对他那些没用的发明非常认真。他做过一个"尬舞撒灰神器"，灵感来源是"杀马特"青年撒着水泥尬舞。为保证吹风效果，分别试了电风扇、吹风机、鼓风机。发明做出来以后，他把机器绑在腿上，跳完一曲《凤舞九

耿帅在河北省保定市定兴县杨村工作室,此时他正在做一项自己的发明:雷神锤斜挎包

天》,撒出来的水泥半个小时之后还在空中飘荡。

手工耿的发明没用,但有意义:它能给几百万人带来欢乐。人们喜欢观看他被关在定时的铁笼跑步机里跑步,在水桶上倒立体验"自动"洗头机。但耿帅的"发明"起初是不受鼓励的,他给妈妈做过一个不会磨烂的不锈钢钱包,挨了一顿骂:"每天不

务正业，就是个当小工的命，以后给别人提鞋都不配。"她觉得儿子的职业生涯应该从在工地打工开始，然后努力变成包工头。但儿子打工 13 年，正式搞发明之前身份还是初级焊工。

"当小工"的职业生涯从 16 岁开始。耿帅初中之后就没再读过书，他很早就在日记里写道："如果你以后因为没有知识过得很苦，你也别后悔。"耿帅吃的苦确实很多，但他不愿意忍受的是一成不变的苦：工地上抗拒创新、日复一日的重复让他难受。

他生活的转机也发生在2017年。那时，为了照顾生病的爷爷，他错过了返京务工的时间。初级焊工耿帅成了快手上的手工耿。

到了第二年，知道"手工耿"的人已经远超知道耿帅的人。他被粉丝拥护，而追到杨村采访他的，除了国内电视台，还有美国《华盛顿邮报》的记者。

蒋欢在快手上的名字叫"3锅儿"，他的粉丝超过400万。比这更扎眼的是他视频下的留言，你经常能看见这样的话，"我是因为3锅儿才知道快手的"，或者是"快手欠他2 000万粉丝"。

2015年，19岁的电子厂小工蒋欢在QQ空间里刷到快手短视频，觉得搞笑，自己也想拍。

第一条视频里，他头戴黑色塑料袋表演魔术，用打火机点着一张纸之后被人泼了一桶泥浆。后来，他用泥堆出合成器模仿DJ打碟，站在河里拿一条鱼唱歌，用树叶做衣服模仿明星的音乐视频……

视频是他找工友用手机拍的，道具自己做，粉丝数涨得特别快。蒋欢觉得自己做的东西不咋样，特别怕身边的人认出来，录视频的时候在身上抹了泥巴，还把脸涂黑。他表演御剑飞行，把纸板剪成宝剑的形状，用胶带绑在脚上，起飞的特效是两个人用竹竿抬着他做出来的。唱歌时，他身后长出翅膀，飞上天，实则是往身上捆上绳子，被人吊起来……很快，他成了"快手玩泥巴第一人"，还让玩泥巴成了引领潮流、吸粉、上热门的有效方法，五毛特效被其他用户竞相模仿。

2016年，蒋欢从福建去了广东肇庆：他在快手上认识的朋友愿意和他一起拍视频。蒋欢在广东找到了自己的5人班底，他也不再打工了，拍短视频、打广告赚的钱够自己生活。

他拍视频"最有意思"的阶段一直持续到2018年。那时，他每天都想视频，想得特别快。

蒋欢看视频、看电影，有时候灵感也来自动画片。他曾经模仿过维密秀，用芭蕉叶模仿时装，在乡村土路走秀；他也拍原创，其中传播度特别高的一条《朕的江山》就是在打谷机旁边拍的——黄袍加身，"黄袍"是稻谷做的。一条视频的创作周期是几天到半个月不等，他也把设备从安卓手机升级成苹果手机。最初他没有剪辑的概念，全靠美拍里的停顿功能；摄影技巧靠百度搜索；在备忘录里面写好脚本就拍，也不画分镜。

他最满意的一条视频的主题是迪迦奥特曼。视频只拍了一天，但道具做了两周：纸糊的飞机、半人高的房子……蒋欢得到230万个赞，19.6万条留言。视频被人传上推特，日本大导演岩井俊二也点了赞。蒋欢的视频在推特上被称为"迪迦奥特曼迷你剧"，上了很多次新闻。

王业坤因为做作品失联过不止一次。有一次电视台找他演出，那两天他在做一个高难度造型，手机开了飞行模式，"可把人家气坏了"。

2018年从上海艺术节回来，王业坤的采访和演出越来越多。2019年年初，他正式从电工变成了平衡术表演者，收入包括演出费、出售原创作品、广告和直播打赏。他上过很多次电视：央视七套一次、央视三套两次，安徽卫视、湖南卫视和山东当地的电视台也去过几次。还接受了世界各国的媒体采访：英国的、巴西的，还有日本的。现在儿子偶尔会说：爸爸，你首先得感谢我，如果不是我的功劳，你现在还要做电工，不会有那么多人喜欢你。他做经典作品时摔坏的道具都不扔，就堆在院子里。妻子特别爱干净，起初也介意，现在也不了，因为每次记者来家里采访，都会对着摔坏的东西拍特写。村里人都挺佩服他，经常夸"这小子可以"。

现在不演出时，王业坤还是每天研究一个造型，他想做一个系列的作品，把静态、动态和人体相结合。王业坤的微信头像是自己和朱之文的合影。他已经有很多和明星的合影了，但不打算换掉这张照片："我们都是农民。"

过去一段时间，手工耿有点烦恼，采访、广告占了时间，他更新慢了，心里也不踏实，总想静静。偶尔需要面对一些不想面对的事情，也有笑不出来的时候。他曾经就做过一个把整个头都罩进去的"静静帽"，还有勾住两端嘴角的"笑容辅助器"。

最近，手工耿的新作品有露天装300斤狗粮的懒人喂狗大缸和用自己头发做的遮阳帽发型，下面的评论说："下雨的时候狗就有粥喝了。"还有的说："真怕有一天你发明出有用的东西。"

"迪迦奥特曼"之后，蒋欢回了重庆老家，爸妈也来给他的视频帮忙。2020年7月，他发布了一条"斗罗大陆"的视频，拍了3天，道具做了半个月，收获了17万个赞。"一个粉丝都没涨"，他的信心受到了打击。

蒋欢的烦恼就是从这里开始的。刚拍视频时他19岁，拍着玩。后来拍视频就是为了挣钱生活了。今年25岁，他觉得自己已经老了。岩井俊二点赞的事情他不爱提，他是一个对自己蛮有要求的人。他有时候没有灵感，不知道拍啥——烦恼是创作者的烦恼。有人叫他导演，他会说："我哪里算导演。就是拍个短视频，拿个手机就拍了。"

（部分内容引自"每日人物"《手工耿和他无用的100件发明》）

2018/02/15
14:10:20

耿帅
@V 手工~耿

手工耿的发明没用,但有意义:
它能给几百万人带来欢乐。

**2020/09/16
14:32:07**

王业坤
@ 平衡术笨笨坤

本来我就是一个农民立着玩的，想不到人家把它当成一种行为艺术了。

**2020/11/20
14:50:31**

蒋欢
@3 锅儿

快手玩泥巴第一人。

14 00-15 00
无用爱迪生

午后的时光

高龙 / 著

下午 3 点到 4 点,在温暖的日子里,李小刚通常在工地干活。

在陕北神木郊区,几座土丘脚下,35 岁的李小刚开着挖掘机在路边行进,忙着铲沙子或砖头。两撇复古式的小胡子,长年累月的暴晒下呈土黄色的脸庞,这位农民工的长相让人印象深刻。

不忙时,李小刚浮想联翩。在挖掘机的驾驶室内,他脑中有时闪烁着从古到今的诗歌名句,包括李白的《行路难》、白居易的《长恨歌》和海子的《面朝大海,春暖花开》。他经常默默记诵着这些诗句,直到熟能成诵。有时背错了,他就掏出手机,看看里面存着的诗歌内容来纠正。

小时候,李小刚深受《动物世界》《新闻联播》《天气预报》等电视节目影响,内心酝酿了一个朗读梦。初三辍学后,打工之余,李小刚保持了练习朗读的习惯至今。

多年积淀后,李小刚迎来了爆发。在短视频平台上,他上传了一系列朗读视频,一年内暴涨了十几万粉丝。如今,他的快手平台粉丝数已突破 90 万。粉丝喜爱他招牌式的怪诞朗读风格"砖为你读诗":手捧类似书本的红砖,朗读古今诗词名句。

还没准备好,李小刚就被聚光灯包围了。强烈的风格,浑厚的嗓音,外加农民工的阶层标签,让李小刚一夜之间成为焦点,被众多媒体采访。

受到广泛关注的一次,是李小刚受到主持人海霞邀请,参加了央视的节目。一见海霞,这个很少出远门的人紧张得说不出话,喝了几口水才缓解。在节目中,海霞教李小刚朗读"炖冻豆腐"。这个表达能区分并练习前后鼻音。而前后鼻音不分恰好是陕北人发音的特点,李小刚一时改不过来。后来,李小刚收到一本海霞亲笔签名的书《朗读技巧》,海霞意在勉励李小刚继续精进自己的朗读技巧。

2020 年 10 月 30 日,李小刚参加了快手的"一千零一夜"年度晚会,在晚会上朗诵诗歌《沧海一声笑》:"天下风云出我辈,一入江湖岁月催。皇图霸业谈笑中,不胜人生一场醉。"

11 月的一天,下午 3 点到 4 点,李小刚参加了神木有关部门组织的消防宣传短视频直播节目。这是一次公益活动,旨在提醒市民防火和用火安全。直播当天有 40 000 人观看,当地一些

李小刚在家中朗读唐朝诗人王维的诗《新秦郡松树歌》

父母把他的直播视频转发给孩子,让他们学习。

平时在家,李小刚沉默寡言,经常戴着耳机,沉浸在朗读的世界中。因此,李小刚的妻子艾星并不熟悉丈夫的朗读才能,通过海霞的节目,艾星才重新认识了李小刚。她看了节目后感叹,觉得丈夫"有才呢"。

他们在艾星开的理发店认识并相恋。恋爱3年后,两人结婚。在他们热恋的日子里,李小刚写了很多情歌和诗歌,还将一些歌当面唱给她听。在一首《吾妻美》的诗歌中,李小刚充满温情地写道:"看吾妻,寻其美,则爱不离。"

李小刚内心一直不安于现状。在以前的一首诗歌中,他反省:"回想这稀里糊涂的前半辈子,猛地从这稀里糊涂的梦中惊醒。想这剩下的后半辈子,难道也要,稀里糊涂地,过下去吗?"

但在亿万富豪云集的神木,他的经济状况一直处于中下层。他的生活游离于主流之外,这座城市的繁华、动荡和衰颓,都未在他的生活中泛起任何涟漪。李小刚一直是陕北方言中的"受苦人"。艾星去过一次丈夫的工地。她坐在驾驶室的后座,看着丈夫驾驶前进。大多数时候,李小刚孑然独处。

在清苦的环境中,李小刚发奋创作,像农民工版的路遥。艾星回忆,有年冬天,他们租住在一间没有暖气的房子里。有时候火炉熄灭了,室内会很冷。冬天,工地停工了,李小刚就猫在室内创作。一天中的大部分时间,他拿着厚厚的一摞纸奋笔疾书。有天晚上11点,艾星从工作的酒店回家,发现李小刚仍在创作。

最终,互联网将李小刚的潜力发掘了出来。如今,盛名之下,巨大的不安却搅扰着他。"2个月没去工地了,"李小刚近日说,"最近大多数时间在接受采访和拍节目,进入了和以前完全不一样的生活轨道,好像站在了十字路口,不知道接下来该怎么走。"

网红的经历唤醒了李小刚的朗读家梦想,但他不确定能否驾驭它。"网红效应只是一个虚的东西,"见过了不少大场面后,这个朴实的陕北农民工仍然很清醒,"以前现实生活把你打磨得有些梦想不敢实现,但现在我的梦想在蠢蠢欲动。以前打工的时候朗诵，是自娱自乐，现在走到这步以后想有更大的发展。"

2020年冬，李小刚的工地停了，到来年3月才会开工。他在规划未来的行动，或者说是在寻找人生下一个阶段的突破口。

陕北人李小刚在家乡外的舞台找到了新方向，吉林桦甸人葛辉则在厨房里找到了自己的乐趣。葛辉因自己的菜肴视频在快手平台走红。这是一些普通的家庭烹饪展示视频，但它们渗透着她对女儿关怀入微的爱。

5个月前，下午3点到4点，葛辉正在厨房做饭。

色彩斑斓的菜肴被她拍了视频发到短视频平台上，吸引了大批粉丝。许多人分享了自己高考前的经历和感悟，并鼓励她的女儿。

葛辉是吉林桦甸的一位小学班主任。此刻，她正在给上高三的女儿准备晚饭。菜做得很丰盛，包括女儿最喜欢吃的可乐鸡翅。这些菜的烹饪方法，有三分之一是葛辉从网上学来的。

作为单亲妈妈，葛辉一个人将女儿带大，熟悉她的口味："她是个吃货，从小比较挑食，学校食堂满足不了她吃东西的要求。"

2个小时后，饭做好了。葛辉离开城市东边的家，骑着车，经过15分钟，在5点半左右将饭送到城市西边的桦甸第四中学。

这是2020年6月的情况。因为疫情，女儿所在的学校要求学生住校。

以前女儿上学，葛辉上班，没时间给她送饭。因为疫情，葛辉在家上网课，时间比较自由。她对正在进行高考冲刺的女儿说："妈妈在家也能为你服务，能经常做些好吃的。你想吃啥妈妈就给你送。"疫情期间学校有时管得严，葛辉只得偷偷给女儿将饭送去。有时她将饭放到门卫那里。女儿对她说："你看，学校不让送。"她就说："没事，姑娘，咱也不做什么坏事。只要不违法，合情合理的都可以。"然后女儿就开心起来。

有时候葛辉给女儿做的饭菜特别多，女儿就分给同学一些。有一次她问女儿："姑娘，妈妈给你送饭，同学羡慕你吧？"女儿说："羡慕死了，尤其是同学小胖。那天我给他吃了一口牛排，他问：'你妈还缺不缺儿子？'"女儿同学的玩笑是对葛辉厨艺的最大肯定。她评价这段送饭经历是"挺美好的回忆"。

葛辉平时就很喜欢拍照、拍视频。一天，她突然想到，为什么不把疫情期间的视频凑到一起留个回忆？她觉得这段回忆挺难得的。系列短视频上传后，葛辉有了很多粉丝，也有了很多交流共同话题的朋友。一个设计师朋友看了她的视频，觉得挺接地气。

葛辉在桦甸第一中心小学做老师有20年了，担任班主任也有十几年了。

一个人将女儿带大，葛辉有一种忧患意识，觉得孩子以后想在社会立足，要多学技能，"艺多不压身"。此外，她觉得琴棋书画能让女孩气质好些。自身是音乐爱好者的葛辉，从各方面培养女儿,让她从小学扬琴和古筝。如今,女儿的扬琴过了九级,古筝过了十级。

但女儿小时候最喜欢的是画画。高考填报志愿时,女儿告诉她:"妈妈,你一定要尊重我的意见。"她问女儿:"那将来你会不会后悔?"女儿说:"我不会后悔。不喜欢的专业我肯定学不下去。将来再找一份我不喜欢的工作,这一生就太无趣了。"

葛辉对女儿特别肯定的一点是,她特别有主见。小时候很多事她都让女儿自己拿主意。比如说她们俩去买文具盒或衣服,她就很少提建议。"可能由于我不是特别有主见的人,有时候妈妈缺失什么,愿意到孩子身上去找。在跟她相处的过程中,我无意识地培养了她的主见。"

女儿最后选择了山东建筑大学的建筑设计专业,并被顺利录取。她有很多同学随便报了学校和专业,结果后来两个都不喜欢。开学后,老师留作业,女儿得熬夜画图纸。但她告诉妈妈:"喜欢的事都能坚持下去。"

如今,多年陪伴的女儿到另一个城市生活了,母女交流主要靠微信。她叮嘱女儿:"防备同学,大学就是一个小社会,嫉妒是把刀。"她也会提醒女儿:"做事注意方法,多想别人的感受。"

再往前回溯几个月。疫情期间,每天下午 3 点到 4 点,葛辉都在给小学生们上网课。

跟孩子互动，葛辉找到了特别的乐趣。在家里的电脑屏幕上，葛辉看到了孩子们更随意的状态。平时在学校上课，她面前的孩子们是整齐划一的、规矩的形象：穿着校服，戴着红领巾，整整洁洁，小脸白白净净。但上网课时，在家的孩子们呈现出另一种状态。有的孩子甚至头发杂乱如草，没有洗脸。葛辉说："还有些孩子，你一提问到他，他就假装掉线。其实能明确地感觉到根本没掉线。他就是不想回答问题，也不出声。"

和东北人葛辉类似，河北人要雨彤也在从事教育行业。只不过，他的培训内容是咖啡制作。

下午3点到4点，要雨彤正在他的咖啡工作室内培训学生做咖啡。工作室位于上海，是一些老洋房围着的一个小院子，在上海市中心的旅游景点田子坊旁边。

在一张照片中，25岁的要雨彤意气风发，站在工作室门口的一个告示牌旁边。告示牌上写着："让你的咖啡学习更简单一点。"探索过多种职业，要雨彤最终开始追逐他的咖啡梦。

要雨彤的老家在河北邯郸。初中毕业后，要雨彤做过一年多搬运工，还曾报名参军未果。

要雨彤最早关于咖啡的回忆是在电视剧里。他记得，有个演员拿着杯子，用一个勺子搅着咖啡。但他真正接触咖啡是在北京。6年前，在北京一个水吧，他学到了基本的咖啡制作技术。在北京待了不到 2 年，要雨彤回到老家，在一家咖啡店干了一年。

2017 年，要雨彤去了上海，去追逐他的咖啡梦。他加了很多咖啡制作者的群，了解到上海的咖啡氛围是全国最好的。

到上海后，要雨彤人生地不熟，接连碰壁，应聘被拒绝过很多次。后来，他得到机会，在一家国际网红咖啡店工作，还做到了门店的品控经理、培训师助理，不过后来公司因资金链断裂而倒闭，欠他的两三个月工资至今没有要回来。

2020 年 8 月，要雨彤开了自己现在的咖啡工作室。要雨彤和女朋友一起创业，两人在之前他开的咖啡店中认识，因咖啡结缘。

下午 3 点到 4 点，有时候没有学生过来，要雨彤就和来访的朋友在工作室聊天。他冲一杯咖啡，给几个人喝，然后大家分享口感，一起交流。

虽然已是业界资深咖啡师，但要雨彤仍保持着学习的热情。在上海时，他经常去参加一些比赛，和一些咖啡师切磋，也经常逛咖啡店，到那里学习。在短视频平台，他分享了很多关于咖啡制作的视频，展示了美丽的拉花和制作技术。他说："自己喜欢的东西就把它做下去，希望在这个过程中，热爱的东西不会被玷污。"

2020/06/20
15:20:08

李小刚
@ 神木爱木李小刚

网红效应只是一个虚的东西。

2020/06/15
15:25:23

葛辉

@ 想瘦瘦 666

那天女儿给他吃了一口牛排,
他问:"你妈还缺不缺儿子?"

2020/11/21
15:30:14

要雨彤

@ 咖啡小要(教咖啡)

探索过多种职业,要雨彤最终
开始追逐他的咖啡梦。

动与静

喻倩媛 / 著

1

一天的劳作就要结束了,温州农民小英夫妻从地里直起身。长时间的弯腰让他们的腰像机械一样僵硬。小英拿出随身携带的小音箱,音乐响起,下一秒钟,夫妻二人跑到田埂间的小路上跳起舞来。

他们的舞蹈快速有力、动感十足,双马尾在小英的肩膀上愉快地跳跃,疲惫消失了,笑容从脸上洋溢开来。夫妻二人动作整齐划一,画面极具感染力。

在2 000多公里外的云南红河州的大尖山里,"大山里的舞者"马金也跳起舞来。不同的是,他跳的是"孔雀舞",是"人间精灵"杨丽萍穿着洁白纤细的长裙,站在一轮孤月前翩翩起舞的那种舞蹈。

马金站在一块石头上，身后是绵延的群山。他穿着短袖T恤，挽着裤脚，身上尽是劳作时沾染的泥土，胖胖的"五五"身材也与纤细并不沾边，但他的动作是灵动的，活灵活现。这反差构成了视频中某种动人心魄的部分。

另外一部分，来自马金的笑容——与小英夫妻脸上的笑容几乎一样。没有人看不懂他们脸上的笑容，那是不掺任何杂质的快乐和陶醉。

在潮汕揭阳惠来县览表村的图书室里，放学的孩子们陆陆续续走了进来，借书、还书、读书，倾诉心事或者静静发呆，纯真的面庞上浮现出认真思考的神情。在嘈杂的村庄里，图书室是一个抚慰心灵的地方。

再过两个多钟头，图书室就会响起琅琅读书声，这声音不是发自童真的稚子，而是来自年近半百的妇女们。在图书室这一方小小的天地里，览表村上百年的文化、观念、风俗正悄然发生着变化。

2

如果你认识览表图书室的创办者吴利珠，就能明白为什么她能办成这件事：在一个讲究"实用主义"的潮汕村庄，建起一座图书室。如今，图书室已经发展壮大为两间绘本馆和一间图书馆，开办了"新女子夜校",还为贫困家庭的孩子上学提供资助。她像一团永不熄灭的火焰,坚定、热情、直率,让人愿意亲近和信任。

2014年,吴利珠回到家乡览表村,此时距离她13岁离家打工,已经过去了十几年。小时候,她羡慕在外打工的人穿新衣、拿钱回家,于是也早早辍学,走上了打工的生涯,这是览表村的女性最常见的人生道路。

一次偶然的机遇,吴利珠在北京成了一名社工,积累了一身妇女儿童工作的经验。回到家乡的吴利珠成了一名中学支教老师:"我讲不了文化课,但我可以给孩子们讲真正的打工生活是什么样,并不像他们想象的那么美好。"

她很快成了孩子们的"珠姐":"学生们遇到什么问题都来找我,天天往我家跑。我心想,完蛋了!我都没有私人空间了。"于是,览表图书室成立了。从此,村庄里有了公共空间,孩子们在这里交流想法或者困惑,在书籍中探索精神世界,在网吧和游戏厅之外,有了新的去处。

孩子出现问题,根源往往在父母,吴利珠又开始找妈妈们"吹牛",通过妈妈们的吐槽发现更多的需求。很多妈妈不识字,最夸张的甚至连自己的名字都不会写,日常发微信、去银行办事,处处都是障碍。本来吴利珠想通过支教,减少未成年人的外出打工率和辍学率,没想到,妈妈们早年辍学导致的识字率低的问题,也亟待解决。于是，2015年，"新女子夜校"也成立了。

她带着工作人员开展各种活动，每周给孩子们放电影；在图书室进行儿童性教育，家长们一开始难以接受，后来转变为理解支持；每年暑假接纳大学生来支教，开设丰富多彩的课程，孩子们羡慕大学生的谈吐、见识，哥哥姐姐们描绘的大学生活更是代替了打工，成为孩子们憧憬的远方……

可51岁的马金，从未到过远方。他一辈子没有离开过大尖山，但当他在山坡的大石头上跳舞，在山间的溪流边跳舞，他身后的梯田、蓝天、白云构成的一派田园风光，却成了远方陷入格子间的城市人最深的怀乡病。

他曾经也有机会走出去。二十七八岁的时候，有演艺班子愿意带上他去各地表演。"被生活压住了，"马金并不觉得可惜，"有年迈的父母，有妻子和女儿，走不出去。"他每天早上6点半起床，先把猪食剁好、煮好；喂完猪和鸡，便趁着太阳还没出来去地里干活。稍有农闲，他就在周边打零工：挖铅锌矿、金矿、铜矿，有时也帮别人盖房子。

马金说："农民很苦，生活很苦。"他的家乡位于云南省南部，红河中游北岸，被北回归线穿过，森林覆盖率有68%。这里山大沟深，属于典型的深切割地形，天气多变。村民住得分散，耕地不多。山里的青壮年都离开了，去建水县和更远的昆明打工。

小英夫妻在霞岙村的田间跳舞，舞蹈名叫《渴望》，由两人根据同名电视剧自创而来

16:00-17:00
动与静

小学四年级辍学后,马金就回家干农活了,过了大半辈子大山里的苦日子。但还好有舞蹈,跳舞是马金的本能。他从小就迷上了跳舞,没有老师,就在彝族节日的时候偷偷跟人学,后来又跟着电视台的节目学。他没有编排的概念,没法依靠长期的重复训练来培养所谓的"肌肉记忆",而是凭借直觉,听着音乐构思动作。因此,马金每一次舞蹈都是一次即兴演出,是当下人们最推崇的代表着技术与天赋的"freestyle"。马金说,这天赋是"父母给的"。听到音乐起来,笑容就起来了。

同样听着音乐就跳起来、笑起来的还有小英夫妻。可曾经,笑容从他们脸上消失过。多年前,小英的丈夫遭遇了一场车祸,虽然幸运地死里逃生,但留下了严重的心理创伤,患上了抑郁症。他常常一个人发呆,告诉小英自己难受得想自虐,有时候半夜醒来就一个人跑到不知道什么地方去了,吓得小英到处找。

医生告诉小英："带他去做快乐的事，让心里的压力释放出来。"小英想到了跳舞。她先学了一种叫作"步子舞"的广场舞，"太慢了，不行，跳这个舞感觉不到释放"。

在广场上，还有人跳一种叫作"鬼步舞"的舞蹈，舞步节奏快速，音乐强悍有力，小英决定试一试。没想到，一跳就爱上了，每次跳完身心舒畅，连觉都睡得香了。于是，她拉着老公，像哄小孩一样哄着老公一起跳。一天接着一天，小英的丈夫越跳越轻松，病也跳好了。

跳舞4年多来，无论刮风下雨，小英夫妻一天都没有停止过。笑容重新回到了他们脸上，还感染了许多人。"我要感谢这个舞蹈，它挽救了老公的生命，让我找回了完整、幸福的家庭。一家人开心地生活，是最重要的事情。"小英说。

3

如今，小英夫妻的日程排得满满当当，都是各种节目的邀请，他们从自家的田间地头跳到了更大的舞台上。小英觉得和以前没什么两样，生活总有一天会回归平静，只有舞是要一直跳下去的。

以前，马金会独自一人在田间跳舞，观众是地里的玉米和辣椒。现在，他的舞蹈被大山外的人们看到，数不清的网友帮他求关注。以前，看到他准备跳舞，会有好事之人说："看！他要跳了，他要疯了！"马金一点儿也不在乎。现在，人们夸他是"最灵活的胖孔雀"。有了 500 多万粉丝，他也没有放在心上。他说："跳舞是我自己的梦想，只要我快乐，只要我开心，别人说什么都与我无关。"

吴利珠评价从前的览表村"务实"，女孩只需要识几个字，出门坐车不走丢，就去打工给家里挣钱了："读再多书也是嫁人，嫁了就是别人家的人，娘家就亏大发了。"男孩则不一样，只要自己想读，家里无论如何都会供，吴利珠回忆起以前："跟我同龄的男大学生很多的，比我年龄大的也有。"

如今的览表村，女性们呼吸到了更多自由的空气。有的妈妈识了字，拥有了一份工作；有的妈妈学了知识，家庭关系更和谐了；有的女性在吴利珠的支持下，鼓起勇气摆脱了不幸的婚姻；有的女孩坚持读书，成为图书馆的志愿者，课余时间被吴利珠派到全国各地参加交流活动，增长了见识。最让人欣慰的就是女孩子的读书率提高了："今年还出了好几个女大学生！"

6 年来，只有吴利珠自己知道熬过了多少困难。刚回乡时，家人不理解。"天天骂我，说别人都挣钱回家，你去支教还要啃老。"图书室和夜校的工作，也与部分村民的观念不同："他们叫自己女儿别来，说别去珠珠那里学坏了，天天教我女儿不干活。"

但最难的还是没钱。她说自己"两张信用卡套来套去，每个月还款日都觉得要死了"，而每到这时候都有奇迹发生，"最难的时候，就有人来问我是不是很惨，要给我钱应急"。吴利珠拿得"理直气壮"，说："算我借你的。如果后面缺钱，我拆东墙补西墙还给你，如果不来找我要，这辈子就别想了。"

如今，家乡的观念、风气每天都在发生变化，年轻的家长们越来越懂得教育的重要性，无论男孩女孩都尽力供他们读书；图书室的经费也渐渐有了着落。性子急的吴利珠，天天把"完蛋了""要死了"挂在嘴边，但说起自己的事业，她毫不犹豫："图书室和夜校那么有用，肯定要继续办下去啊。"

这大概就是我们的人生，有难以下咽的苦，有突如其来的意外，有束缚我们的陈旧观念和现实困境。但那些女孩的读书声，大山里、田坎边的舞蹈，都是照进困苦生活的缝隙里的一缕阳光，是人们看见远方和希望的闪亮时刻。

**2020/06/20
16:11:25**

小英夫妻

@ 小英夫妻：温州一家人

没有人看不懂他们脸上的笑容，那是不掺任何杂质的快乐和陶醉。

2020/06/15
16:40:19

吴利珠

@ 览表图书室 吴利珠

在嘈杂的村庄里,图书室是一个
抚慰心灵的地方。

16:00-17:00
动与静

**2020/06/15
16:56:01**

马金
@ 大山里的舞者

跳舞是我自己的梦想,只要我快乐,只要我开心,别人说什么都与我无关。

孩子们的宇宙

斯卡 / 著

　　一年中昼夜等分的时候，日落时间是下午六时整，夏季稍迟，冬季稍早。于是，下午五时至六时便是白昼的最后一个小时。

　　在这一个小时里，性格颇内向的钟美美可以创造一个自己的宇宙。他戴着一副圆圆的金属边框眼镜，打开手机摄像头，不用剧本也不用排练，开始表演——王小红是认真、成绩好的女生；丁黄冈是有潜力但成绩不好又调皮捣蛋的男生；王旭呢，学习时好时差；钟老师总是被学生们闹得气鼓鼓；药店的售货员总是售卖着昂贵的药品……

　　大概小学二年级的时候，钟美美就想成为一名演员。他把家里的奖状内容都改成表演奖，想去北京电影学院上学，想有一天拿最佳男演员奖。严格意义上说，那些发布在网络平台上的视频应被界定为模仿，大部分都来自他所观察到的生活。有一次，他见到了中央戏剧学院表演系的老师刘天池,他问她:模仿到底算不算是表演?刘天池说,模仿是表演的开端,"但是真正的表演一定是有机的、有思考的、具有创造性的"。他意识到,对他来说,表演还有更远的路要走。

现在钟美美13岁,有天赋,也有略超出年龄的分寸感,明

钟美美在黑龙江鹤岗宝泉岭拍写真

白突然而至的名利终将过去。有一回,有公司希望与他签约,一年100万,妈妈知道此事后劝他:"不能被金钱迷惑双眼。"妈妈还给他定了一个强制性的条件,那就是如果成绩不好,"你就哪儿也别去"。钟美美觉得也还算合理。

对这样的"红",他有一些好奇,但不留恋。他知道踏实学习才是长远的事,于是生活仍然慢慢地继续,然后隔几天打开手机现场发挥——王旭上课偷摸上网参与粉丝骂战,被钟老师抓包,钟老师气鼓鼓地开始教育他。

钟美美说自己现在成绩不错,语文和地理尤其好。他喜欢娱乐圈,也喜欢外出参加演出,就尽量做到平衡。钟美美自己选择参加的活动,妈妈在一边稍微把关,跟他叮嘱一些注意事项。钟美美说:"我妈比较尊重我个人的喜好,我觉得我还是挺幸运的。"

童年显露出的天赋能被发现是可贵的,钟美美是,miumiu也是。miumiu 3岁的时候和父母出去游玩,车上放着歌手梁静茹的《崇拜》,miumiu跟着唱起来,一点都不走调。后来接触过miumiu的录音师说,她有一双好耳朵。于是,开乐器行的爸爸开始培养她的音乐能力。起初是miumiu跟着爸爸弹奏的吉他唱歌,后来就有了一把为她定制的小尺寸吉他,再然后她可以一个人完成《加州旅馆》的吉他、架子鼓、演唱与和声等所有部分。

"（学习的过程）说起来也没有很快乐，因为基本功就是重复再重复地练习。孩子小的时候是比较难教的，你要有很多的耐心，陪着她，给她一遍一遍地纠正错误，歌词也是一句一句教，有时

录音棚外遇见一架钢琴，miumiu 跑过去即兴弹了一曲

候会忘，爸爸再提醒她。我觉得支撑爸爸走下去的就是对她的爱吧。"和 miumiu 妈妈通话是在一个周五傍晚，miumiu 参加完学校的一场考试，又马不停蹄地和妈妈一起收拾行李出发去上海，那里有一场活动邀请 miumiu 参加。

她们进了高铁站后，电话交到 miumiu 手上，我问她会不会

觉得累，她很快地回答，不累。

偶然走红之后，妈妈曾担心这会给 miumiu 的生活学习带来损耗。她让 miumiu 尽量离外界评论远一些，每次出门参加活动也总是带上作业；在家的时候往往是放学回来先练习一到两个小时的琴，然后吃饭，饭后是自由活动时间。miumiu 有时候会拼乐高，有时候玩钻石贴纸。

在快手的"一千零一夜"晚会，miumiu 和朴树合唱了一首《那些花儿》。朴树说，miumiu 是个标准的小孩，这个"标准的小孩"或许意味着纯真、简单、充满童稚气。她也许不能全部理解自己所唱的歌中包含的情感，但也因此，"大家从悲伤的歌曲里听到了治愈的感觉"。

miumiu 最喜欢的一首歌是 *I Wish You Love*，因为她觉得那首歌里充满了爱。

"我们希望未来能多一条道路让她选择，希望她能走得更顺。因为这些需要童子功，所以我们能给她准备的时候就多给她准备一些东西。"miumiu 妈妈说，在新冠肺炎疫情期间，miumiu 每天会练习 5 个小时吉他。天赋很重要，努力同样重要，她的手指因为练习破了皮，会有一点点疼，疼也继续练，练完了再休息。

未来，miumiu 将面对人生许多新事，比如第一次独自站在舞台上表演，第一次电吉他弹唱，第一次和观众合照，第一次听

miumiu 在南京玄武湖玩耍，手里拿着闪片给小花做装饰

见大家喊安可……

除了 miumiu，通过互联网，人们还听见了更偏僻的地方的女孩的歌声。2020 年 6 月，一个快手视频在网上流传颇广，几位穿着校服的女孩在教室里一起演奏，有人打鼓，有人弹吉他和贝斯，她们合作了一首痛仰乐队的《为你唱首歌》，主唱女孩羞涩的笑感染了许多人。

这所小学在贵州海拔最高的山上，因此被称为"云上学校"。33 岁的顾亚是贵州六盘水海嘎小学的老师，是他发现了孩子们对音乐的爱和特长，一手组建起乐队，教孩子们学习乐器和弹唱。2018 年和 2019 年开学的时候，海嘎小学组建了"遇乐队"和"未知少年乐队",都是由 5 个女孩组成的。

孩子们跟着音乐蹦跳的景象,在 4 年前,完全无法想象。海嘎小学曾经一度面临关闭,这里海拔高、条件差,教师来了又走,校长郑龙也被调任。顾亚看到山上的孩子要辛辛苦苦下山上学,无法视而不见,于是下定决心要把海嘎小学办成一座完整的小学。他联合了几个老师,重新回到山上。

初见顾亚时,这群孩子内向、拘谨,"孩子们怕生,不爱讲话,见到老师就把头歪向一边走了"。因为身处偏僻的山村,孩子们很少接触外面的世界。他们特别害羞,不善于表达,顾亚不知道该如何和孩子们交流。

教孩子音乐源于一次"偷看"。顾亚回忆,有一次他自己在学校办公室弹琴,发现很多小孩扒着门缝偷看,就想要不要试一下,带他们唱唱歌。顾亚利用课余时间教学生们乐器,又通过爱心企业捐赠的 200 件乐器组建了一支"校园摇滚乐队"。

几年过去,学校的砖房刷上了白墙,全校学生从十多个增长到近百个,顾亚的朋友们也寄来了许多乐器。顾亚带着孩子们学,组建自己的乐队。"玩"起了摇滚后,校园气氛有了很大改变,笑容经常挂在孩子们脸上。

痛仰乐队在看到孩子们的表演视频后,甚至提出要跑到海嘎小学去演一场。顾亚把这个消息告诉孩子们的时候没有人相信,直到乐队出现在他们面前，孩子们才慢慢从拘谨、害羞中走出来，蹦跳起来。

乐队吉他手龙娇说，她长大后想当一名音乐老师："因为我想像顾老师那样，把音乐的快乐传递给其他人。"

对于钟美美、miumiu，还有这群贵州女孩来说，未来还有更大的舞台，而从音乐和表演中获得的自信、勇气和力量将会永远伴随着他们。

（部分内容引自"GQ 实验室"《13 岁的钟美美拒绝了一百万》，以及"人物"《在云上摇滚的女孩》）

2020/08/04
17:04:30

钟美美

@ 乌啦旮旯.钟美美

在这一个小时里,性格颇内向的钟美美可以创造一个自己的宇宙。

2020/09/30
17:16:42

顾亚

@ 海嘎小学顾老师

"玩"起了摇滚后,校园气氛有了很大改变。

2020/02/27
17:46:31

miumiu

@ 弹吉他的 Miumiu

朴树说,miumiu 是个标准的小孩。

18:00—24:0

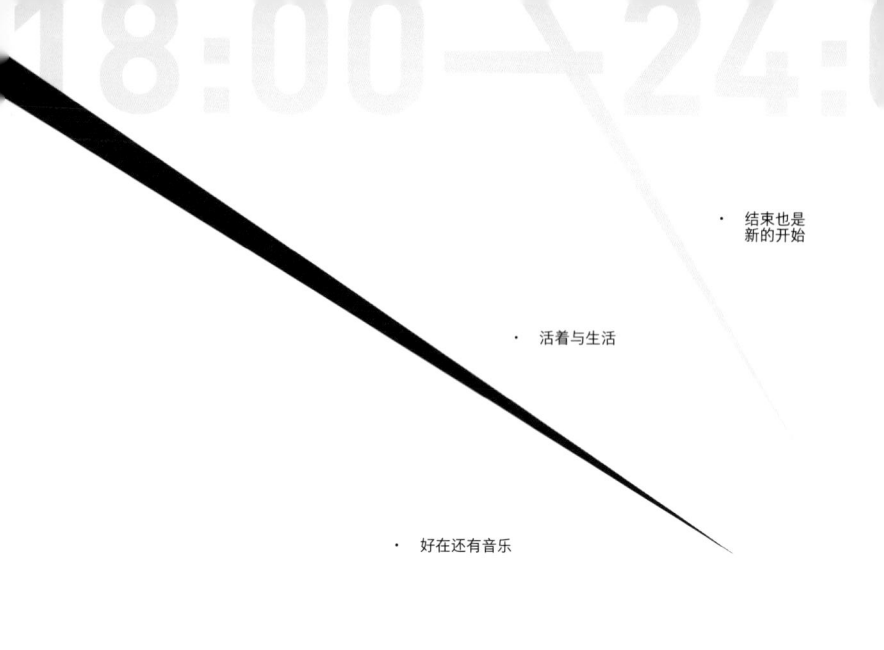

- 结束也是新的开始
- 活着与生活
- 好在还有音乐
- 不一样的天空
- 准静止锋
- 人生下半场

人生下半场

华明 / 著

　　傍晚六七点钟正是耀杨他姥爷[1]吃饭、出门捡破烂、回家收拾工具的时候。83岁的姥爷一天出门两三趟，在附近小区能捡上价值几十块的破烂。但这只是业余爱好。碰上比较值钱的破烂，姥爷会留给环卫工人和靠捡破烂为生的乞丐。回家后，姥爷将破烂整理成方块，叠放在自家院子里，攒一段时间再联系回收废品的人拉走。

　　姥爷儿时父母双亡，在舅舅们的救济下，靠给人放猪和吃百家饭长大。后来姥爷在吉林农村种地、放羊；到长春市区后，靠着捡破烂养活家中6口人。现在他不愁吃穿，依然跟一大家子人住在一起，依然见着破烂就捡，当作锻炼身体。

1　2021年2月，耀杨的姥爷于白城老家逝世，享年83岁。现该快手ID由"耀杨他姥爷"更名为"姥爷的耀杨"。

姥爷的日常生活本来跟普通农村老头没两样，耀杨这么觉得，可不同的是接触上了短视频。姥爷每天捡破烂回来都不停地跟耀杨讲碰着的趣事，耀杨想着那就记录下那些家长里短和爱恨情仇吧，便开始运营名为"耀杨他姥爷"的快手账号。耀杨自2017年起在快手上拍摄短视频，经验丰富。

姥爷表演欲望强烈，不怯场，乐观的模样和看待事物的特别角度很快招揽了不少粉丝，单条视频播放量高达一两千万。2020年年初，姥爷遛弯时肱骨骨折，右手现在仍然无法伸直，

这是姥爷人生的第一张写真。那个时候姥爷的粉丝量涨得很快，耀杨想给姥爷拍一张帅帅气气的照片留作纪念。姥爷身上穿的西装是耀杨的，那天天气很好，姥爷在路上走得很潇洒。后来姥爷的遗像用的就是这张照片

有时疼得龇牙咧嘴也不吭声。姥爷还心律失常，血管堵塞导致行动不便，但他不太当回事。耀杨问姥爷，瘫痪了怎么办？姥爷说："我也没办法，瘫就瘫了。到这个岁数，有的人还死了呢。"接受治疗好转后再次犯病，姥爷又说："无所谓。"转眼到了雾凇来临的时节，耀杨问姥爷对雾凇的看法，姥爷说："真他妈亮。"耀杨觉得，原本无趣的事情总能被姥爷赋予乐趣。

姥姥去世十几年了，孩子们曾经想过给姥爷再找一个伴，但没合适的。姥爷又轴又犟，没什么朋友，爱自己找乐子。他会走很远去捡废弃的矿泉水瓶，也会花很多钱买下并不好使的手机；他穿捡来的衣服，也买不常见的玩意儿，比如夸张的假金戒指和特大的葫芦。城市老年群体中流行的交际舞姥爷无法适应，在快手上，他形容那像俩人摔跤。融入不了群体，他就携带着音箱独自跳广场舞。只是当他延续着在农村手拎音箱沿路放歌的习惯时，同小区的邻居控诉他太吵闹。

家庭背景和所处地域不同的高龄用户聚集在快手平台上，他们有的像姥爷一样安享家庭和睦，也有的选择在暮年追求时尚。

75岁的桑秀珠一直讲究穿着打扮，爱赶时髦，出门前常为挑选行装花上2个小时。年轻时，她曾穿着一件从厦门特意购买的飘带上衣，将上衣塞进裙子里，再手拎时尚小包走在北京西单的大街上，很多人回头看。现在桑秀珠跟"时尚奶奶团"的成员们一起在街头走秀，还记录在短视频中，获得了400多万粉丝的喜爱。

"时尚奶奶团"于2019年在北京成立，定位是中老年女性偶像团体、时尚文化传播者。20位成员的平均年龄超过65岁，大部分曾是业余模特。桑秀珠最年长，她爱好文艺，曾经是歌舞剧团的演员，学过小提琴、射击、滑冰和民族舞，二十几年前开始参加业余模特比赛，退休之后还在老年大学模特培训班学习。

没加入奶奶团之前，桑秀珠常从傍晚6点钟开始看体育新闻，接着看法制纪录片，再看体育比赛，偶尔追剧。她跟同天出生的丈夫一起生活，50年来相濡以沫、恩爱如初。儿女各自有家庭，每周过来探望一次。

而加入奶奶团之后，桑秀珠几乎成天忙碌。同样是傍晚，采访前两天，6位奶奶还被化妆师装扮许久，直至完成电视台节目导演所要求的"有气质"的造型。随后，奶奶们换上演出服，去长沙室外的冷风中拍摄，桑秀珠形容自己身体疲惫但充满热情。

她感觉得到，观众更关注的是老年人的精神面貌，而不是走秀技术。70岁之后，衰老的痕迹加倍显露，桑秀珠脸上的褶子增多，色斑生长，眼袋下垂。但她睡眠好，精力充沛，常常忘记自己已经高龄。某天，邻居问桑秀珠："你害怕吗？"即便提问有所避讳，桑秀珠也能明白对方所指——死亡。桑秀珠消除对死亡的恐惧的办法是不去想。团里的奶奶们常说，年龄只是一个数字，桑秀珠深以为然。她认真想过以后的生活，想一直保持在奶奶团的生活状态，直到无法再工作为止。

快手粉丝增长后，桑秀珠逐渐有了引领中老年人更快乐、更时尚生活的责任感。有人对桑秀珠说，你们高、苗条，还漂亮，我们不行的。可桑秀珠觉得，不必非得走上舞台，做家务的老人也可以有丰富的生活，比如饭后遛弯、跟姐妹聊天、跳广场舞。面临生存问题的农村老人同样可以追求时尚，同样能实现梦想，可能只需要穿上一件好看的花布衫。桑秀珠见过短视频里将几位精致的城市老人和土气的农村老人并列，问用户喜欢哪一种。她感到不适，觉得时尚被狭隘化了。

桑秀珠记得，某天在商场试穿衣服时，一位老太太见她穿着好看便想试穿相同的衣服，但效果不佳。老太太有些沮丧。桑秀珠见状夸赞她好看，颜色也适合，建议试穿稍大些的尺码——老太太算不上苗条。老太太对桑秀珠说："我也想穿得好看，在村里显眼一点。"桑秀珠热情地帮她挑选衣服。

时尚不仅是在外形上追求美，桑秀珠认为，时尚也代表着跟上当前的趋势，比如使用社交媒体和短视频。桑秀珠很快学会这些技能。她熟悉计算机，退休前是研究自动化设计的高级工程师，现在走秀时她自己担任编导，配曲、剪辑、编排内容。晚上得空时，桑秀珠会刷快手视频，有时她很喜欢观察那些依靠土地生活的人，尤其爱看农民剥玉米粒的场景。

和姥爷相似的是，桑秀珠同样是从农村迁移至城市生活。她出生于山东，11岁后长居北京，现在只能靠读田园诗寄托对农村生活的些许向往。一次，一位时尚杂志记者问起她一生中最美好的时刻，桑秀珠不假思索地说出一段儿时记忆："有一天，我跟许多小伙伴在山上挖了一棵小杏树苗，栽在了自家的院子里。看着那嫩绿嫩绿的小叶子，笔挺笔挺的小树干，突然间我就觉得它将来一定是一棵硕果累累的大树。刹那间我觉得美妙极了，因为这棵树是我栽的。"

桑秀珠对刷短视频时看到的一幅画面印象深刻：一位城市居民说自己的梦想是有一个院子，一位农村居民回答称这个梦想他出生时就实现了。桑秀珠从中看到了农村引发的向往和带来的限制。

生活在农村的老金被限制，不仅因为地域，还因为年龄。69岁的老金从事木匠这一行已有50多年。他为了谋生而当学徒，前几年只管饭。之后他给人打家具、盖房子，改革开放后先去隔壁县城接活，装修公司渐渐多起来后就去城市里做工，待上一年半载。老金的日薪从一块二开始，几毛几毛地涨，再到十几块、几十块、一百多块。一起接活的同乡们陆续转行去做生意，赚了不少钱；可老金不想，他放不下木工这门手艺，一直干着,直到两年前被装修公司嫌弃年纪太大而打发回家,不再被雇用。2020年,见现在木匠做装修能一天赚300块,老金"很嫉妒",但"享受不到了"。

留在老家福建龙岩漳平市的老金遗憾又心痛,他习惯了劳作,没活可干就觉得要生病。同样过了60岁被迫失业的木工们聚集在"老人之家"打牌、下象棋,可这两样老金都不会,他也不抽烟不喝酒。他闲不下来,于是割鱼草、照料鱼塘,种水稻和蔬菜。山区开发了不少旅游景点,忙碌的老金都没去过。他只记得十几岁时曾挑着谷子爬过山洞,风景秀丽,现在那里已经是知名旅游景区,周围盖起不少洋房。他想再去城市里走走,但没机会了。

傍晚六七点钟,老人们饭后出门散步,老金就在家中琢磨给2岁和7岁的孙子做玩具,当作锻炼身体。老金用从旧房子上拆下来的木头制作螳螂车、木马、竹节人、能跑动的小木鸡和其他玩意儿,大件需要花费一周的时间。半年前,儿子拍下老金在青山绿水间做木工的视频,上传到快手上,被不少用户点赞。另一个快手视频里,孙子坐在木马上,老金牵着木马在公路上颠簸前行,欢声笑语弥漫在田野间。

老年人的生活通过快手短视频被年轻人记录下来,一个原本在互联网上隐形的群体被发现。年轻人也在陪伴或观看中加深了对老年人的认识。

这张照片拍摄于2019年,是姥爷捡破烂回来以后耀杨拍的。这个时候姥爷的身体是最好的,非常非常硬朗,仿佛有使不完的劲。姥爷拖着的是他捡破烂的工具。这一年也是姥爷人生当中过得最高兴的一年,因为一直和孩子们在一起

为姥爷拍摄短视频的耀杨想呈现一种年轻人和老年人相处的方式——把老年人当作朋友,相处中会有轻松和睦,也会有争吵。耀杨带姥爷穿潮服、了解网络热词,也开姥爷玩笑,被姥爷笑骂"倒反天罡"(音)。耀杨能感觉到姥爷尝试新事物和配合年轻

人玩耍的意愿，也从乐观的姥爷身上学会不留遗憾，坦然接受一些事情的结果。被年轻工作人员拍下短视频的桑秀珠说，一位年轻朋友因为生活压力大而盼望退休，看完奶奶团的视频后，称自己有了快乐生活的信心。桑秀珠为能激励年轻人而高兴。

耀杨观察到，快手上有许多年轻人在拍自家老人的日常生活，"保不齐有些人的想法很特殊，但能明显感觉到有些老人很开心，感觉自己有了价值，被重视"。姥爷同样如此。在小区遛弯，他有时会被邻里问最近怎么不发段子，他感到了被需要。

儿子向老金转达粉丝们的评论时，老金感到奇怪，以为"粉丝"指能吃的米粉。得到解释后老金为那些喜爱和赞许而开心，"谢谢大家关心和支持"是不善言辞的老金的回应。而开心过后很快就会忘记这些，老金说："老头子了，什么都记不住。"

老金继续投入自己平凡的日常生活，为想出新花样、制作出新玩具哄孙子开心而高兴。但生活有了些变化。当儿子工作清闲时，老金会主动叫他帮忙拍视频。无事可做时，老金开始翻看快手里的木工视频。快手不仅让他体会到前半生未曾有过的关注，也成为他接触外界的窗口。一些城市里的木匠使用更先进的工具，省力省时。老金佩服他们厉害的手艺，但看不懂也赶不上。他选择继续使用锯子、斧头、刨子这些传统工具，已经顺手了，还能多耗费一些力气，填满暮年时间。

2020/12/10
18:02:33

桑秀珠

@ 时尚奶奶团

桑秀珠觉得,不必非得走上舞台,做家务的老人也可以有丰富的生活。

2020/12/10
18:14:41

老金

@ 小镇老金

他选择继续使用锯子、斧头、刨子这些传统工具,已经顺手了,还能多耗费一些力气,填满暮年时间。

2020/01/18
18:53:33

姥爷
@ 姥爷的耀杨

原本无趣的事情总能被姥爷赋予乐趣。

准静止锋

刘正、杨一 / 著

傍晚 7 点钟，上海，一个头戴黑色帽子的男人走出威海路 696 号粉红色的巷子，他要坐地铁回到 20 公里之外的家。在威海路上，他看到一个正在"改装"木板凳的大爷，板凳下面装了 2 个轮子，他就把这一幕拍了下来。余晖在所有移动的人身上摇曳闪烁——包括沿着威海路奔跑呼叫的孩子们，还有树荫下穿梭的行人。到南京西路地铁站的时候，正是上海的晚高峰时间，他进入人群，经 12 号线前往陕西南路。一上地铁，他会从背包里拿出 iPad，打开刚刚拍下的照片，背靠着地铁门开始画画。

他给大爷的木板凳前后增加了 4 个更大的轮子，又画上车头，让它变成一辆四驱车，然后又把自己的原创人物——一位有两个尖尖的角和粉红色头发的女孩画了上去。现实世界就在创作完成的一瞬间发生了改变。

有一次在 12 号线上,他正在画画,旁边一个人突然跟他说,在快手上刷到过他的作品。

谢建平很高兴自己能被人认出来,他说:"我每天坐地铁,无论是站着还是有座位,90% 的时间我都在画画。如果你看到地铁里面有一个人正在画画,他大概率就是我。"

他的作品很多都是在地铁上完成的。陕西南路站是中转站,谢建平要通过 1 号线穿越上海的中心区域,到达上海南站,那里也有他的作品——他给上海南站开扫地小车的保洁阿姨画了很多很多新坐骑,有外星飞碟,也有潜艇和螺旋桨飞机。就是这样的创意作品让他和保洁阿姨都"火起来了"。

谢建平眼中的世界总是天马行空、五颜六色的,在他看来,所有的建筑、交通工具、字体、虚拟人物都是有生命的。马路是有生命的,地铁是有生命的,它们都可以上天入地做任何事情,而城市也是一个恣意生长的有机体。他就像头脑中自带了一套 AR 设备,是一个双重身份的城市旅人,希望能将自己抽离出来去观察整个世界。在创作的乌托邦世界里,想象力可以改变他所有的不满,把最完美的一种可能性呈现出来。他驰骋于自己的想象中。

有时候谢建平也是一个旁观者,在上海,在重庆,在北京,在香港,他和出租车司机聊天,看人来人往,看烟火、喧嚣和繁华,

这是一个粉丝从大韩航空的航班上带回来的袋子。创作这幅作品时正值新冠肺炎疫情在世界范围肆虐，为了记录这段特殊的历史，谢建平做了一个"云朵人"。它摘下自己的口罩，表达对早日结束疫情的束缚、恢复世界各地自由畅行的愿望

2021 年 3 月 4 日，谢建平从上海虹桥飞深圳。这两幅作品是他在飞机上一气呵成的即时创作。"你在窥探宇宙终极奥秘的同时，宇宙也会在那儿等着你……"

觉得人就是漂泊游荡在不同城市里的小鱼，整个世界就是一个水族馆。主体的位置在这样的反观中不断变化。就像冷暖气团势均力敌的时候会形成"准静止锋"，在快手上，我们也看到，生活与记录相互缠绕、势均力敌。人们时而是东风，时而是西风。

当谢建平走进南京西路地铁站的时候，在北京，律师杨朝阳还在加班。晚上7点，北纬40度的夜幕已经完全拉下，这时离他下班还有至少2个小时。疫情之后的半年，线下案件格外多，一天之内杨朝阳就有两场朝阳法院的开庭，上午是民间借贷纠纷，下午是离婚案。从工作日志来看，杨朝天这天一共处理了6起案件，时间极度饱和。而对律师来说，许多案件同时办理，披星戴月上下班，饿了就在办公室里吃外卖，手机永远保持24个小时开机，晚上回家之后继续打开电脑工作，这都是生活常态。

除了自己热爱的律师工作，还有一件事让杨朝阳感到满足，那就是在快手上回答网友的法律问题，以及在自家楼下的小公园里录制普法小视频。对他来说，真正重要的是在每一个案件里真正帮到委托人——在快手，每时每刻都有人因为自己生活里的困境而向他发问。

他们会问："学校能不能没收学生的手机然后不给？"

"村民能不能查村里的账本？"

"结婚后女方是不是必须要迁走户口？"

在短视频里，简明扼要、通俗易懂地解答之后，杨朝阳经常会说一句话："关注我，从此多一位律师朋友。"工作之余看看手机，回答一下微信群、私信和评论里的问题，似乎也真的能帮到很多人，也真的有网友和他成了朋友。后来，杨朝阳不那么忙的时候，还开始公益直播，连麦回答别人的问题。

可是作为一名律师，名字叫"朝阳"（他在北京朝阳医院出生的那天，母亲带他回家的时候正迎着朝阳）的律师，他并不是一个答疑人工智能，他也是一个会动情的观察者，每一个问题背后都是现实里一个普通人所遭遇的困难。杨朝阳的工作就是处理这样的问题，他可以帮人维权，可以解决纠纷，但是仍然有很多痛苦让他也感到无能为力。曾经有一起交通肇事案，一名大一女生不幸车祸遇难，肇事司机也在事故中身亡；事后司机亲属获得大笔保险赔偿，却快速转移了资产，拒绝给女孩家属任何补偿。最终律师的努力也没有让女孩的家人获得任何补偿和慰藉，案件就此成为他的心结，让他耿耿于怀。

生活里的不确定性就这样从严谨、缜密、逻辑清晰的案情卷宗、法律意见书、辩护词中交错着生长出来，让人无法与突如其来和愤愤不平讨价还价，并且总要把无常和不满留在心里。可是杨朝阳想，被这样的问题人生困扰的人，还有他初涉法学时看的每一本专业书的案例里的人，往往都是善良的好心人。

傍晚 7 点,刚刚结束了一天工作的董师傅打开手机,在快手直播间里和网友聊天。聊一会儿他就转过身去弹一首曲子,有时候是《天空之城》,有时候是《贝加尔湖畔》。

从 6 点半开始,他穿着深蓝色的工装,一整晚坐在白炽灯下面,在一个周围放满钢琴的"仓库"里直播,连麦、比赛、给老铁弹琴送祝福,以及见缝插针宣传卖货——卖日本原装进口的雅马哈钢琴。他不断地回答问题,推荐"孩子学琴的第一台钢琴"和"靠谱的型号",成了大家信赖的买琴顾问。直播间的人不算多,但也许是因为信任他这个做了大半辈子的钢琴油漆工的专业,也许是老董自学成才的钢琴技艺让大家信服,总有人给他刷评论:"我以后就在你这儿买。"

老董不知道"哆来咪发嗦拉西"是什么,他只知道一架钢琴从上往下分别是顶盖、上门、小盖、谱架、下门这 5 块木板。做油漆工的时候,老董主要是与这些木板打交道,研磨、上漆、抛光、吸尘、擦拭,最后组装运走,迎来下一堆木板。比起音符和乐谱,他更熟悉的是胡桃木、云杉木和红木。

老董也不知道李斯特的《钟》、里姆斯基－科萨科夫的《野蜂飞舞》、马克西姆的《克罗地亚狂想曲》,直播间里有人问的时候他才去网上查,然后也只能摆摆手:"老铁,真不会,真不会这钢琴曲。" 他坦白,自己弹得最多的仍是年少时听的电视剧主题歌和宝丽金十大金曲。他以前喜欢刘德华、张学友、王杰、齐秦，现在喜欢韩红、韩磊，爱听"实力派""有力量感"的歌。怎么学呢？就只是听。他压根不懂和弦规律，就是右手摁一个音，左手挨个音摁过去，哪个合起来好听就摁哪个，和他平常调油漆是一个道理，靠的主要是感觉。

有时候别人拿过来一首网上流行的新歌，比如《喜欢你》，他听一听，很快也就弹出来了。有人问他是不是天生就有"绝对音感"，但实际上他用的只是耳朵和双手，把音乐变成身体记忆。他第一首会弹的歌是《上海滩》，学会花了 3 个月；中间 11 年没碰钢琴，回到钢琴厂上班第一天，"上海滩"就回来了。"居然一点都没忘。"

老董说以前只管干油漆活，只是抽空弹弹琴，中间离开东北钢琴厂之后，他送过快递，干过出租，还刷过浴柜。这期间，他一次也没碰过钢琴。有一次，他为送快递进了国际酒店，看到大厅里摆着一台东北钢琴厂生产的"诺的斯卡"三角钢琴，一时特别想伸手去弹一下，但瞅一眼自己身上的快递制服，立马就转头走了。

可现在不一样了，他身边都是钢琴，那些琴仍然很贵，但是他可以随便弹："给大家听听音色。"他说自己终于找到了喜欢的工作，钢琴——无论作为一个活计，还是作为一件乐器——将会这么长此以往参与他的日常生活。

晚上8点钟，顶着11月的暮色，谢建平到达了上海南站，接下来他要去赶每晚8:08发车的22号线——一列城际小火车，一直坐到春申路。人们都在回家的路上，而他盯着路人和路人的

2018年，谢建平在自己的工作室举办了首场以"共享办公环境"为主题的个展。他希望自己的作品能有机会突破空间的束缚，在不同场景与更多的观众产生互动

背包，脑子里想象着别人的故事，构思着这些背包又可以变成什么有趣的样子，因为在他的世界里，万物皆有惊喜。

律师杨朝阳还在加紧草拟一起寻衅滋事案件的辩护词，他刚刚给明天写好工作安排，分门别类地列出清单——有两位委托人要见，有上诉状要写，他想今天可能没有时间去看手机消息回答网友的问题了。有时他真想把自己克隆出10个人，那样就能满足更多的需要：他的家人需要他抽出时间来一起出去旅个游，他的朋友们想叫他周末去打麻将聚一聚，他自己想在今年健身卡过期之前多去锻炼几次，但这些都不会出现在简略、严谨、节制的工作日志里。

老董还在直播间里，他反着戴帽子，有问必答，别人点什么他弹什么，时不时打开琴盖给大家看"钢琴的骨头"，说那些他熟悉的实木榔头、键盘、弦钮。有人请他弹《土耳其进行曲》，他不会，就换一首《夜的钢琴曲》，他最近格外喜欢这一首。他没有"艺术照进现实""艺术拯救生活"这样星辰大海式的故事，只是夜凉如水，时间形成"准静止锋"。再晚一点，他就会离开摆满钢琴的房间，回到家里。

2020/08/14
19:09:17

谢建平
@噫哇

在他看来，所有的建筑、交通工具、字体、
虚拟人物都是有生命的。

2020/05/15
19:16:18

杨朝阳

@ 朝阳律师

每一个问题背后都是现实里一个普通人所遭遇的困难。

2020/01/31
19:44:15

老董

@ 钢琴油漆工董师傅

比起音符和乐谱,他更熟悉的是胡桃木、云杉木和红木。

不一样的天空

祝佳音 / 著

1

　　北京和东京时差一个小时，北京时间的晚上 9 点是东京时间的晚上 10 点。这个时候，一般来说，藏妍正在剪辑视频——她要把白天的视频素材剪辑好，想好文案，配上解说，然后发到快手上。藏妍告诉我："我的视频看着没什么技术含量，但一个视频也要做两到三个小时。"

　　2008 年的时候，因为父亲工作的调动，藏妍一起跟着到了日本。2019 年，藏妍在京都开了一家奶茶店。后来因为疫情，奶茶店生意不好，她在网上看到了同样因为疫情想要转租的民宿，决定转型。2020 年 7 月底，她关掉了在京都的奶茶店，来到了滋贺附近的一个小村子，接手了民宿。

一个暖冬的下午，藏妍坐在家中看书

　　疫情期间，民宿也没什么生意，她将大把时间放在装修和溜达上。村里没什么年轻人，"我搬来快 4 个月了，一个年轻人都没看到"。村里也没有超市，开车 10 多分钟有个便利店，房子都很老，隔壁村子有个体校分校，但是人也很少。

　　通过她的快手账号，我们几乎可以了解关于这个小村庄的一切。她拿着手机，在村子里到处溜达，理发店、小卖部、菜园——她和当地的老人聊天、互相赠送礼物。她的快手作品构建了一个完整的日本小村庄生态，到处都是细节。她的解说也非常有趣，东北话、谐音梗，还有押韵的句子和看起来漫不经心但相当有观

藏妍去佐藤大姨家的地里拔萝卜,萝卜也是亲手种的

察力与感受力的角度——许多人喜欢她和她的视频。

　　藏妍喜欢有人看她的视频。"我不知道别人,"她说,"我15 岁的时候就来日本了,虽然一直跟着父母,没吃太多苦,但有一个遗憾就是没有朋友,青春没人分享……我本身是个挺开朗的人,也没觉得日子有多阴暗,但孤单是有的。所以我经常会说,有些你觉得难熬的日子,不经意间就熬过来了。"

　　快手带给藏妍的重要意义是连接。身在异乡,在快手上传视频,得到观众的反馈,会让她不那么孤独。播放量对她来说是有

意义的，那代表着有人在看她。观众喜欢她的文案，也喜欢她有趣的东北口音，而她最喜欢的是观众从她的快手视频里扒出一些小细节，然后调侃她。这代表着观众既认真看了她的作品，又和她熟悉到可以像朋友那样互相开玩笑。

藏妍很早就开始在快手上传视频——还在开奶茶店的时候，她就偶尔随手发点日常，但一直都没什么播放量，她也就有一搭没一搭地更新。直到2020年，她把去奶茶店"收拾过期牛奶"的视频发在快手上，大概是因为里面传递的情绪足够饱满，这个视频开始"有了点播放量"。

"播放量对你来说意味着什么？"我问她。

"意味着被人看到。更多的播放量，就是更多人在观看。"藏妍说，"3月的时候，播放量虽然也不高，但是至少能感觉到有一些陌生人在看……就好像是自己努力做的视频，记录下的生活，有人能和我一起分享。"

2

北京时间晚上8点到9点大约是洛杉矶凌晨4点到5点。

在这个时候，快手用户卡车司机"宇哥"可能正在开车，也可能还在休息，或者是和另一位司机搭档，等待给卡车装货卸货——总之什么都有可能。

宇哥是广西桂林人，现在在美国开卡车，也就是我们在各种影视作品里经常看到的那种在高速公路上呼啸而过的重型卡车。宇哥说他从小就喜欢开卡车："没来美国前，就觉得开着擎天柱那样的车特别酷。"他的快手主页上有一张小朋友在解放卡车前拍摄的照片，从衣着和卡车型号来看，或许那就是小时候的宇哥。

出车的日子生活比较规律，宇哥和另外一位搭档配合，人歇车不歇，每个人大概开 10 个小时，再用三四个小时在休息区用餐、加油、对车辆进行维修等。卡车司机收入不错，但长期在路上奔波，未免有点儿寂寞。宇哥会看快手，也会拍快手。

他会把路上遇到的卡车拍下来，做成视频，发到快手上。除了各种卡车，宇哥还会把在路上遇到的事情拍下来。从卸货开始，到路上的风景，到加油站或者维修站的各种设备，再到休息区内的设施。他经过了很多地方，见到过田纳西州的凌晨和晚霞、亚利桑那州的大雪、费城的港口、不知名小镇的街头、牛羊成群的美国农场——所有的这些都被拍成视频，放在快手上，而他的粉丝们跟着宇哥一起在美国的高速公路上驰骋。

快手上有相当多的卡车司机——对卡车司机来说，不开车的时候,坐在车里的时间全靠快手和类似的应用打发。司机们在快手上相识,相互关注,然后凑在一起,聊天和相互帮助。在一篇访谈中,宇哥曾经提到过2018年卡车司机自发协同救助快手用户、罹难卡车司机"开卡车小辉辉吖"的故事。"人在异乡,很感动。"他说,"希望大家都注意安全吧。"

对宇哥而言,快手是他和同行交流的方式,也是他分享生活的途径。

3

对彭欢而言,播放量所代表的东西远比这复杂得多。他告诉我:"我们这种工作属于看天吃饭,这个天,就是粉丝的关注度。如果没有关注,基本上名利也就散了。"

彭欢是快手账号"摆货小天才"的导演。"摆货小天才"是个小小的团队,公司在湖南常德,一共有4个人。彭欢是发起者,也是导演和编剧,还有一位演员、两位助理,都是朋友,很早就认识。彭欢本人最早是做动画的,是他把几个朋友聚起来做这事儿:"一开始是动画养视频,现在视频状态好了,就把动画关了。"

彭欢2016年的时候就开始在公众号拍视频段子。"当时做成了本地的第一大号。"彭欢说，"后来也算是积累了一些短视频经验，所以后来'摆货小天才'才入驻快手。"

"摆货小天才"在快手上有近600万粉丝，主角是一个有点儿胖、戴眼镜的憨厚哥们儿。他的头发略乱——很显然是故意的，大概是想体现一种打工者无暇整理仪容的状态，总是笑呵呵地说出腔调很怪的问候语："你好，欢迎光临。"

藏妍坐在电脑前剪辑白天的视频的同时，"摆货小天才"团队正在工作室里努力头脑风暴。他们把自己的工作室命名为"火卵星"——在常德方言中，这个词是"说话打趣"的意思。为了真的实现火卵星，火卵星工作室的成员需要进行长时间的头脑风暴。

"你问我晚上8点到9点都在干什么？"彭欢说，"其实我们都围在工作室想剧本。"

火卵星的工作时间是这样的：下午1点上班拍摄，到7点就围在一起讨论剧本，一直讨论到9点，有时候更晚。

为了让讨论变得轻松点儿，彭欢把工作室的大厅布置成酒吧一样的环境，一圈大沙发，一个酒柜。大家喝酒聊天随便侃，忽然有个人出了点子，然后一群人觉得这个点子好，然后就你一言我一语地开始讨论和补充，然后构思细化，要哪些场景，要哪些道具，如何组织镜头——彭欢觉得，只有在超级轻松的状态下才能编出好东西。

但事实上，对剧烈消耗情绪和创意的编剧行业而言，再轻松的环境也未必会让状态轻松多少。"经常会说到四五点，经常的事儿。"彭欢说，"最忙的时候一个月没休息过。"

彭欢发现，创意工作并不是一件简单的事儿，好的剧本特别顺，10分钟就能聊出来，但有些剧本，反复推敲反复琢磨，可能要好几天才能定型，"结果效果还不好"。与此同时，"摆货小天才"做的时间越来越长，可做的选题却越来越少，题材范围越来越窄。火卵星工作的主要收入来源于广告，观看数量多，广告就多，观看热度下去了，广告就会变少，这些问题每天都会给团队带来压力。

"所有的网红都是有生命周期的，经久不衰的少之又少。"他说，"只能在现有的内容上做升级，不断地推出新的内容，不断刺激观众的神经，制造反差和惊喜。"他补充，"我很认同一句话，你去看粉丝1 000万以上的网红，都会有点神经质。"

不疯魔不成活。不过，彭欢并不担心会被时代遗忘。"时代再变，对内容的需求是不变的。当时做公众号的时候也有人问我们，万一公众号哪天不火了呢？我就说，肯定会有新的平台出现，互联网不缺平台，但每个平台都缺好的内容——我们只管做好的内容，平台负责升级和变化。我们清楚自己的角色，我们是生产者，不是搭台的人。"

在湖南常德，一个三四线的小城市，几个年轻人正在用实践参与互联网未来的趋势。彭欢本人似乎也对内容创业有所了解，他告诉我，他此前用45天的时间就做出了一个1000万粉丝的账号。

这个小小的团队中只有彭欢有传媒背景，其他几个人都是他多年的朋友。比如"摆货小天才"演员本人，是他五六年的朋友，之前跑过业务，也自己开过餐馆，所以"特别有默契，我写的本子他能看懂，知道我要什么"。

"最开心的是什么时候？"我问他。

"前期的时候吧。那时观众新鲜感很足，交流欲望也很充分，评论留言和我们预想的一样。"他说，然后给我发了一些评论截图。观众在评论里盛赞"摆货小天才"："精致！没想到泡面都能吃出米其林的感觉！"

但还是能从彭欢本人的状态中感到一点儿焦虑，就像那些为内容而焦虑、以内容创意为收入来源的人一样。彭欢承认这种焦虑，但他并不太在乎。对他和团队而言，快手让他们的生活发生了变化，谁能想象一个"之前一直在跑业务"的人会被几百万甚至数千万人熟知呢？又有谁能想象一个普通青年的创意和段子会被推送到无数人眼前？他们得到了更广阔的舞台和更大的机会，他们对此已经觉得很满足了。

**2020/09/09
20:02:20**

宇哥

@ 美国卡车司机宝宝

没来美国前,就觉得开着擎天柱那样的车特别酷。

**2020/12/22
20:15:44**

藏妍

@ 臭臭在日本

没有朋友,青春没人分享。

**2020/09/09
20:22:19**

彭欢
@ 摆货小天才

**你去看粉丝1000万以上的网红，
都会有点神经质。**

20:00–21:00
不一样的天空

好在还有音乐

丫老师 / 著

晚上九点左右，结束了修车铺一天的工作，宋运会到快手上再直播一会儿。河北赵县的沙河店镇，常住人口有 35 000 多人，住的人不多，自然安静。村里的夜开始得早，晚上九点，家家户户都安静了下来。但不论白天黑夜，宋运这里总是最热闹的，白天是修车的敲打声，晚上是他的吉他声和歌声。

工作结束后，修理铺就成了他的直播间，背后的墙上就挂着他的工具，一些摩托车零件或者轮胎。整个画面跟窗明几净没有关系，光是看着似乎就能闻到机油的味道，但这一切与宋运形成了一种和谐——粗粝的、金属质感的、男性的，不管是他的人、他的声音，还是他的工作。

宋运从 2017 年开始在快手上直播，表演吉他弹唱。"如果让你重新来过，你会不会爱我，爱情让人拥有快乐，也会带来折磨。"2017年6月，宋运清唱了一段《爱河》。老铁们说，这位兄弟的声音一听就有故事。

如果仔细留意不难发现，宋运的左手小指是残缺的。2009年，他因为一次工作事故，意外失去了这根手指。那时，宋运的工作是字面意义上的靠手挣钱，但等无法回避的生理疼痛过去后，最让他难受的原因却是："小手指头是用来压弦的。"他怕自己再也弹不好琴了。

失去手指之后，宋运好长一段时间一周都不碰一次琴，但对吉他的喜爱是从12岁开始就植根在他心里的。宋运至今仍清楚地记得初次震撼他的是什么：家里抱回第一台录音机，"燕舞"牌的，里面放着Beyond的磁带。

事故之后，宋运没放下修理的工具，也没放下吉他，当他开始在快手上传自己弹唱的视频后，粉丝越来越多。后来他也喜欢上了在晚上九点到十点这段时间直播，和大家唱唱歌，聊会儿天。有人会问他是哪儿的人，听他说几句家乡话，请他唱一首自己想听的歌。他第一次直播时，只有一个人看，也是一个大哥。他唱了几首歌之后，大哥说："你歇会儿，我们聊聊天吧。"

三年来，宋运通过快手认识了很多天南海北的朋友，时间久了，有些人还会成为私下聊天的朋友。让他印象最深的是一个远在广西的小兄弟，年纪比他小一轮，也爱弹吉他。宋运后来送了他一把，因为觉得现在自己多少有点能力了，能帮就帮一把。有时，他也会想起 17 岁那年，那个第一笔工资到手就去买了把吉他的自己。

孙快快在国乐大典录制现场

2020年10月30日这天晚上九点多，宋运的直播快结束的时候，在内蒙古通辽市，孙快快一家人整整齐齐坐在电视机前。孙快快参加的第一档综艺节目《国乐大典》今晚在广东卫视播出了。

孙快快在快手上有35万粉丝，《国乐大典》对她的介绍是"马头琴网络第一女红人"。她在节目上说，自己现在的年薪"挺高的"："在我们家那边能买好多个包。"台下的笛子演奏家唐俊乔被这个年轻的姑娘逗笑了，问她能买什么包，牛皮包还是羊皮包。孙快快略带羞涩地回答："蒙古包。"

和宋运相比，孙快快显得幸运得多，不光因为她能买好多个"包"，她的幸运更在于，她不用像宋运这样的野生音乐人，要创造机会才能接触、学习音乐。孙快快一出生就被音乐包围着，她们一家人都热爱音乐、会乐器，甚至学马头琴起初并不是她自己的选择。孙快快说，因为"爸爸是电子琴，叔叔是架子鼓，大爷是歌手，家里缺一个马头琴"，她才学了马头琴。刚学马头琴的那两年，她也想过放弃，为此还被妈妈骂过。但现在马头琴已经成了她生命的一部分。

孙快快和宋运接触快手的时间差不多。孙快快毕竟是位年轻的95后小姑娘，除了演奏马头琴的经典曲目，比如《嘎达梅林》《草原上升起不落的太阳》等，当她听到一些自己喜欢的流行音乐，也会尝试用马头琴来演绎，像是《安和桥》《知否知否》，或者属于90后的童年回忆《灌篮高手》的主题曲等。但她说，自己还是更喜欢经典的马头琴曲目。在快手直播、上传视频的3年来，最让孙快快感到高兴的是，真的有越来越多的网友因为她认识了马头琴，喜欢上了马头琴。她记得，刚刚开始用快手的时候，总有人在评论里问她："这是什么乐器？"甚至有人说："这是二胡吗？"现在，提这类问题的人越来越少了。

孙快快的每条视频下面，都会有人夸她漂亮，甚至不乏直接的示爱。但孙快快觉得，是马头琴为她增色了，她说："快手上漂亮的姑娘太多了，我想大家能够记住我，还是因为马头琴。"原本，孙快快有一份稳定的工作，是在当地的一所高中做音乐老师，但现在她已经辞职专职做短视频博主了，她说自己想提升视频的质量，也会做新的尝试，但核心一定还是马头琴演奏。

疫情暴发后，隔离在家的孙快快更新频次更高了。那时，用音乐舒缓情绪成了全世界音乐人的本能。在意大利有阳台音乐会，小提琴家西装革履地为邻居们演奏，仿佛不是站在自己家的阳台上，而是置身于辉煌的剧院。在快手，也有很多像孙快快一样在家里演奏的人，蔡川就是其中一个。疫情期间，他在快手上发布了他和奶奶合作的视频，现在已经有160多万粉丝了。

蔡川毕业于天津音乐学院。2019年年底，他在成都和一些同样爱好音乐的朋友一起创作，并上传到快手。2020年年初，他回到自己的家乡天津过年，刚到家没几天，疫情就暴发了。于是，蔡川被动地度过了一个史无前例的漫长假期，每时每刻都和家人在一起。蔡川从小在奶奶身边长大，那时父母工作忙，奶奶原本就是他最长久的听众。这次隔离在家，蔡川有了更多时间弹琴给奶奶听，后来就索性让奶奶也一起进入画面。

在视频里，每当蔡川演奏时，奶奶总是安静地坐在一边，面带微笑地欣赏。宁静和温馨的氛围随着音乐充盈了整个空间。蔡川没想到，大家对他的视频和音乐最多的评价是"治愈"。渐渐地，奶奶还成了蔡川的合奏者，有时是敲一个碗，有时是摇一只铃铛，有时是轻轻拨动排铃。有人形容这一串清脆的声音"好像星辰纷纷降落"。

等到可以走出家门时，已经是春天了，草原最好的时候快要到了。那段时间，孙快快更喜欢去草原上拍视频。她经常开2个多小时车，来到真正的草原上，席地而坐，视频里不仅有悠扬的马头琴声，也有草原上的风。她的身边有时有一匹马，有时还出现过几匹狼。在一条视频里，四五匹狼簇拥在她的身旁，挤着拱着，让孙快快揉它们的头，乖顺得如同牧羊犬。另一个视频里，当孙快快拉起马头琴的弓，狼安静地卧在她身后一米的地方。隔离时，孙快快用音乐让大家想象草原，隔离结束后，她带大家去看真正的草原。

下班后，宋云还会在快手上继续直播，尽管他有点失落，因为最近看直播的人少了。他试过唱一些热门的歌曲，但发现，基本上他唱着难受的热门歌，效果也不会太好。于是宋运想，算了吧，以后还是就唱自己想唱的歌。

尽管隔离早已结束了，但蔡川和奶奶的合作却持续了下来。每晚9点到10点，都是蔡川和奶奶排练的时间。蔡川会一遍遍弹奏两人第二天要拍摄的曲目，让奶奶多熟悉旋律。看似简单的视频，蔡川可能会为了达到最好的效果拍摄上百遍。

对蔡川来说，从音乐学校毕业之后，很多同学都被迫转行了，但快手让他看到了继续坚持下去的可能性。奶奶虽然88岁了，却因为与孙子的合作爱上音乐，还收获了粉丝。

在蔡川的视频里，时间仿佛是静止的。只有他和奶奶背后的那棵树，从最初的"形销骨立"，到后来的郁郁葱葱，如今又渐渐枯黄。它像是自动翻页的日历，提醒着每一个人，这极为特殊的一年，就快要过去。

2020/07/26
21:02:41

孙快快
@ 孙快快马头琴

快手上漂亮的姑娘太多了，
我想大家能够记住我，
还是因为马头琴。

21:00-22:00
好在还有音乐

2020/04/23
21:13:02

宋运

@ 宋运 %

粗粝的、金属质感的、男性的,不管是他的人、他的声音,还是他的工作。

2018/08/01
21:47:43

蔡川

@ 蔡川

有人形容这一串清脆的声音"好像星辰纷纷降落"。

活着与生活

阿民、杨一 / 著

1

晚上 10 点 10 分,河北衡水二中的休息铃声准时响起,在男生宿舍楼里回荡了整 8 秒。刚才还吵吵闹闹的走廊,很快就安静了下来。

巡查宿舍,是 43 岁的高三班主任张兴龙每天的最后一个工作。

顺利的话,这是一件只用 5 分钟就能完成的工作。学生们经过长期训练,已经养成了半军事化的作息。在 20 分钟内,他们就能完成从教室自习结束到回宿舍洗漱入睡的全过程。毕竟,第二天 5 点又得起床跑操。

即便有些小插曲,张兴龙也能迅速察觉并平息。他当班主任当了快 20 年,查寝也查了快 20 年,没什么能瞒得过他。

衡水二中的宿舍一间住10—12人，张兴龙从宿舍窗口用电筒扫一圈，就能发现些蹊跷：蒙着头睡觉的，被窝里多半是手机和小说，一抓一个准；循着窸窸窣窣的声音，他能迅速定位是哪一个床位，抓住正在啃馒头片的"违禁者"。

翻来覆去睡不安稳的，则多是身体不舒服，张兴龙会仔细询问一番。2015年的一天，凌晨1点，一个学生突发肠胃炎，正逢他在宿舍楼当班。他风风火火地开车把学生拉到医院，陪着输液直到凌晨5点。

学生的父母不在身边，他得包办一切。

查寝完毕，张兴龙迎来了一天当中属于自己的1个小时。

从学校回家，骑电动车只要15分钟。张兴龙知道，家中妻儿早已入睡，此刻陪他的，只有街上的路灯和寥寥行人。高中老师，是这个城市这个时段为数不多的还醒着的群体，在张兴龙口中，他们就是一群"星光赶路人"。

回家路上他喜欢听很燃的歌曲。《为了梦想闯一闯》《在四方》《赢在江湖》《我的骄傲》《壮志在我心》《精忠报国》……歌单很长。学生每天早上要唱班歌，这些歌也正适合高三的气氛。

到了家，没什么人聊天，张兴龙会刷刷快手，有一些班歌也是从这上面找来的。他的快手名叫"为梦想燃烧！"："咱们衡水这边的学生，都有这种激情燃烧的状态。"这个账号里记录的多是学生早上跑操和高考结束金榜题名的画面，没有自己——学生的生活也就等同于他的生活。

他曾经在一个雨夜，站在静悄悄的操场上，录下灯火通明的晚自习教学楼。"身心疲惫的时候想让自己安静一下，录这个自己也能安静地待一会儿。"

朝五晚十，17个小时的工作负荷，平均每天去教室巡查20次，这些是伴随张兴龙这20年的数字。这是他的第一份工作，20年来两点一线，没发生过什么大事，生活里多是重复。高三年级每四周会放一两天的月假，通常在第三周的时候，张兴龙就到达了压力的顶峰。

"我还是挺享受桃李满天下的感觉的。"张兴龙在体校上学的时候，就梦想着以后能当一名老师。如今，出门办事，他总能在办事单位碰上自己的学生；又或是偶尔接到一个电话，学生邀他喝喝酒吃吃饭，这些就是他能继续做这份工作的能量来源。

每个陪着学生跑操的清晨，都能帮他暂时忘记衰老。

2

在贵阳市护国路上的"盛华"盲人推拿店里，晚上10点，是折耳根乐队开始排练和直播的时间。白天工作的推拿房，10点之后成了他们热闹的午夜场。

乐队里除了吉他手彭万海，其他成员都是盲人，所以他们给乐队取名"折耳根"——长在土里，深不见光。

一下班，键盘手陈克兴就会脱下白天的工作服，换上贝雷帽、对襟衫，进入表演状态。墨镜是他的必备道具，有一次临上播了找不到自己的那副，也得抓了女同事的墨镜来戴。他不希望粉丝注意到双眼的异样，想让他们认真听他唱歌。

排练室就在隔壁——一间用推拿房改造的 8 平方米小隔间，粘上了厚厚的隔音泡沫。乐队第一次在快手开直播的时候，所有人都戴着耳机，因为唯一看得见的彭万海会在电话那头，给大家念直播间的留言。

"我们来不及看公屏，大家有什么想跟我们说的，多发几次。"吉他手杨志通过耳机话筒对粉丝们说。他们知道，除了才艺表演，主动跟观众聊天互动也是很重要的主播法则。但他们总没办法及时地跟进直播间的人打招呼，这被他们归结为涨粉不快的原因之一，很苦恼。

后来熟练了一些，他们开始通过读屏软件和粉丝们对话。直播间最多的一次也只有 500 多人观看，留言走得不快。一首歌毕，他们来得及触摸一下屏幕，让软件念一念公屏。"你们是不是也能听到读屏软件的声音呢？"

他们最受欢迎的歌叫《弹珠珠》，用贵州方言唱的，聊的是小时候在贵州山村里的记忆。下河游泳，上树掏鸟，在地上玩弹珠，这是被黑暗包围的人生中，不多的纯粹时光。还有一首《耳朵之歌》，讲的是贵州男人怕老婆的场面，播放当天就拥有了20 000多的点击量，让他们有了成为一支真正的乐队的盼头。

不直播的时候，晚上就是乐队固定的排练时间。

排练前，年纪稍长的大哥陈昌海总会先和兄弟们聊几句当天的情况："今天生意怎么样啊？""你做了几个钟？"

白天的际遇有好有坏。在推拿床边的13个小时里，他们重复着推拿的动作，抑或枯坐等待。生意冷清的时候，一天下来只有一位客人上门。干推拿没有底薪，按摩一位客人拿一份钱，这意味着今天的收入落了空。

但不论当下是否如意，只要乐器一响，5个90后的西南男孩就会暂时忘掉繁杂的日常，热热闹闹地进入他们的民谣世界。

曾经，要练习一首新歌，吹奏手杨林需要先扒一遍盲谱。学许巍的《蓝莲花》，他会用刻盲文用的格子板和针锥，花一个小时，扒出一份盲文版的简谱，然后边摸着盲谱，边学着让手指在笛子上腾挪。

更难的技巧，盲谱就搞不定了，需要老师手把手地教。一首吹奏曲踏踏实实地学下来，至少要一个月。

五六年过去，为了节省时间，杨林不再扒盲谱，而是和其他成员一样，只靠听，一小节一小节死记硬背记下来。时间久了，一首流行歌，大家凑在一起学两三个小时也就拿下了。

"不懂音乐的人，才会觉得我们因为看不见，耳朵变得更敏感。"陈克兴从不相信"上帝给你关上一扇门，就会打开一扇窗"这样的励志文学："跟普通人一样，做乐队的长时间地用耳，耳朵才会听到更多。"

有时，排练会持续到凌晨三四点。实在是困了，乐队成员们便各自回到住处。第二天早上 10 点，他们会准时出现在推拿房，等待着下一个午夜来临。

3

在长沙，拥有 8 根钢管的舞蹈教室是蒋小景人生的全部。

今年 29 岁的他，做钢管舞教练 5 年了。蒋小景很难总结出自己学钢管的原因是什么，但他显然视钢管为生命中最重要的事情。在快手上，他管自己叫"活在钢管上的人"。

一周 6 天，早上 10 点半到教室，晚上 10 点结束工作，他把所有的时间都给了钢管。微博和朋友圈，再怎么翻，除了钢管，还是钢管。

蒋小景怕高。大三刚开始学的时候，一根钢管4米高，足够让他害怕了。为此他逼自己去公园坐"大摆锤"，一遍又一遍；他也怕转，转得多了，人就想吐，一样没办法克服，只能去习惯吐这件事。

大学毕业后，他在长沙做上了教练，开了自己的钢管舞教室。起初，学员很少，只有三四个，可房租一个月就要5 500元，入不敷出。上完一天课，他只能去酒吧跳钢管挣钱。

他在一片尖叫声中上台，跳完立即下台，几乎是逃。他不想喝酒，也不想聊天。但总会有人凑近他，问他："你是哥哥还是姐姐呢？"他说："我是男的。""那可以亲亲你吗？""不可

2018年，蒋小景在西班牙巴塞罗那参加国际钢管舞运动联盟组织的比赛

蒋小景与学员们的合影

以。""摸一下胸呢?""不可以,手可以给你摸一下。"

拆下钢管,他想立马回家。有一次,那根3米多长的钢管死活收缩不了,他一把扛在肩上,走了出去。夜里2点,的士拒载,他就这样扛着这根钢管走过了橘子洲大桥。

在钢管舞教室里,他是不苟言笑的严肃教练。蒋小景会不时走过去,用手扶住学员的腰,或是拖住他们的臀,以防他们摔下来。他反对动不动就用上垫子,因为这会让人形成依赖,"比赛的时候可没有垫子"。于是,难免会突然听到一记闷响,接着人群里泛起一阵惨烈的"喔——",这是又有人头着地了。

也有学员会担心,想要搬一个垫子保护,但他们不敢动。比起头着地,他们更害怕蒋小景。

学员表现不尽人意的时候,蒋小景会站在一边,面无表情地指挥着。"你脑子在海底捞被人涮了吗?""太丑了,你知道你把这个动作做得有多丑吗?"

被训的学员只哭,但不生气。

人们有各种各样的原因学习钢管。一个38岁的女生意人,她设在西宁的钢管工作室已经装修完成,就等着她学成回去开业了;一个年近50岁的大姐,每次来都提一锅自己熬好的粥,她想向人证明她不是只能跳广场舞;一个带着小孩的单身女性,她说生活糟糕透了,她想念一种叫作魅力的东西。

青青,那个被训哭了很多次的女孩,今年25岁,四川人。她之前在深圳的一家工厂做质检,因为工厂生活实在乏味,辞职去学了钢管舞,未来想做一名钢管舞教练。

一个叫东东的男孩,20岁,刚来几天,已经做过一段时间的钢管舞教练,但因为"老板什么都管",辞职了,来小景这儿进修,想以后找一份工资更高的工作。他还没交学费,小景同意先欠着。

刘聪今年38岁,他每天要喝一些药酒,才能缓解训练后全身的疼痛。他10多岁的时候去了广东鞋厂打工，2008年金融危机，鞋厂倒闭，回了湖南，又去广西卖凉拌菜，没几年生意也倒闭了。人到中年，离婚，一事无成，这时想到来学钢管舞。他在珠海的工地上挣来学费，学成也想去做教练，做不成就去乡下给人做婚庆表演。他说："在钢管上有脱离地球引力的感觉，飞的感觉。"

今年15岁的彤彤从出生到现在，从未见过爸爸。眼下，她觉得29岁的蒋小景就像她的爸爸。过年，蒋小景给她发压岁钱；父亲节，她给蒋小景发红包。她已经在这里待了两三年，但还是不想回家，她想在这里永远待下去。

曾经的蒋小景讨厌小学，讨厌初中，讨厌高中，讨厌大学，他将此形容为"不断逃离，然后不断重新开始"。如今他不想逃了，他喜欢待在他的钢管舞教室。他甚至有了一个"宏伟目标"，想有一栋不是很大，不是很高，不需要交房租的房子，招收一批又一批的学生，不收他们学费，就这样和他们紧紧聚拢在一起，在钢管上旋转。

**2020/09/23
22:06:08**

折耳根乐队
@ 折耳根乐队

他们给乐队取名"折耳根"——长在土里，
深不见光。

22:00-23:00
活着与生活

**2020/12/07
22:09:13**

张兴龙

@ 为梦想燃烧!

学生的生活也就等同于他的生活。

**2020/11/25
22:55:07**

蒋小景

@ 小景钢管运动员

在钢管上有脱离地球引力的感觉,飞的感觉。

结束也是新的开始

小刘 / 著

1

夜晚,滴滴司机们四处游荡,拖着长长的灯光。他们是承载着各种苦衷、故事和歌声的城市蝶群。

海洋从她的白色大众里抬起头来,正在寻找可供栖身的角落:有时是社区,大多时候是加油站。对在外露宿的女司机来说,一个可供洗漱的卫生间,一种监控设备笼罩的安全感,就是她小憩选址的全部理由。

她没法回家。舅舅好心让她借宿,可她一睁眼就是家里人欠下的 36 万债务。床太奢侈了,只有这辆白色大众是她支付得起的移动小家。海洋把驾驶位放倒,把副驾驶座向后调整,熟悉得像回到卧室。不用一会儿,疲惫汹涌而来,她会陷入沉睡中。

当海洋陷入熟睡的时候，朱朱正紧绷着自己的神经。每天夜里二十三点到零点，是办公室最紧张的时刻。只要日历还没真正翻过去，今天就不能算是平安的一天。电话铃随时都会响起，响声单调又给人压力。接起它，勇敢地吸收对面传来的负面消息，准确地交棒给管辖的警员，这是朱朱保卫浏阳的一种仪式。

"您好！这里是 110 服务热线，请讲！"一句话，朱朱要重复无数次。她值班一天，就要守候在电话前 24 个小时。"以前大家对警察有神化的想象，但在这个庞大的系统里，有各种各样的工作。"前线是警察的战场，而朱朱的战场是一张桌子，武器是自己的声音。

王亮也常常与警察打交道，只是朱朱在生死之交的开头，王亮在末尾。他是一位灵车司机，负责遗体接运。最多的时候，他得一天上 24 个小时的班，出车 23 趟。

他永远记得一个"零点"。那天，他照例出车去接尸体，死者是名男性，尸体全身上下被人砍了四十几刀，人在医院门口就直接没了。他把遗体接回去的路上，血流了整整一车。东北的冬天，血液凝固后，很不好清理。王亮只能用滚水去烫凝固的血，再用刷子一点一点把血水刷下来。血水的气味紧紧地黏在车里，像死者久久在人世间徘徊，不肯告别。

在浏阳、成都或者吉林，城市灯光照得到的地方，每个方向盘、每张桌子背后都有不自由的灵魂。在新的一天到来之前,他们仍然在不遗余力地工作,维系一座城市今天与明天的连接。白天不是他们的主场,他们在夜里找到自己的语言。

2

黑暗中的城市有自己的性格。最灰暗、凶恶、恐怖的事情总是在夜里发生,最隐秘、澎湃的情绪总是不自主地在夜里浮现。

王亮做接尸人的日子,也会做噩梦,但怕的不是死人,也不是鬼。"可怕的是活人,是活人的内心。"他一天的任务里,除了接正常死亡的尸体,还总碰上那么一两个意外身亡的、被害致死的,凶手的手段常常残忍得让人难以想象。

他曾碰到一具不完整的尸体,草堆里只有完整的人头和断掉的下半身。警察在各个区域都找不到死者尸体的其他部分,案件也一直没有侦破。还有人因为生意上的纠纷就把人勒死,藏尸后备厢。

杀人手法凶狠至此,有时甚至不需要太大的理由。王亮记得,有位死者被杀害只是因为一只羊。案发当天,哥哥希望弟弟能把卖羊赚的 500 块分自己一点,却遭到拒绝。酒精刺激下,哥哥一刀刺死了弟弟。"你说,一个人的心得多狠,他才能这么残忍地杀害另一个人？"

朱朱也怕活人，但怕的是无法挽救的意外。她曾在大年初二的晚上接到求助电话，对面是一位女孩，她带着孩子来浏阳，却在过年这天失去了男朋友的消息。"我现在就坐在大楼顶上，现在就想跳下去。"朱朱听到这些话，心里很害怕，但她只能拿起电话和她聊，聊她的感情，聊她的孩子，花了40分钟才劝下来。

朱朱与《人民公安报》

有时候，电话那头给朱朱吓出一身冷汗，到头来却发现是一出闹剧。有打来说自己"被轮奸，身边人在吸毒"的，最终证实是精神有问题；有人报警称"被追着砍"，细问才发现地点是《英雄联盟》的服务器"黑色玫瑰"；还有一次，有个女儿报警称家中保险箱失窃，警方查来查去，却查出是父亲"监守自盗"，把 200 万现金埋在了菜地里……普通人会本能地摘除生活中负能量的东西，轻装上阵；但警察不同，他们只能像收垃圾一样，主动或被动地吸纳城市夜里辗转反侧吐出的臭气。

很多恐惧不是有形的，而像是夜晚出没的鬼魅。直到现在，海洋还不敢办信用卡，对"欠债"的恐惧在她心里扎了根。10 日、15 日、20 日、28 日，海洋永远记得这 4 个日子。她得在这 4 天还债，在过去的两年半里，她甚至就为了这 4 个节点而活。

那时滴滴还没有疲劳驾驶的限制，海洋没日没夜地开。最夸张的一次，她几乎两天没有睡觉，从成都开到都江堰，再开到广汉、双流、龙泉、德阳。这么开下去，一个月能挣 15 000 元，比之前在北京打工挣得还多。其中 12 000 元用来还债，剩下的用来加油和吃饭，海洋每天掰着指头过活。

海洋向我展示了她的平台数据。滴滴显示，在约 2 年的时间里，她行驶了 25 万公里，接到 5 300 多单，其中还不包括她的快手粉丝通过社交平台向她下的订单，比如到成都旅游的向导、接送、包车等。自从做了这份工作，海洋的微信好友数量直线上升。一个账号有 4 953 个好友，快到达平台数量的上限，就连新账号也有 4 231 个人了。

3

2019 年 9 月，海洋正式还完所有债务，将白色大众过户到自己名下。之前的她以为，这天会是一个非比寻常的日子，还发誓"以后再也不开车了"。但当那天真正到来，才发现，只是"非常非常平淡的一天"。

她从成都搬到唐山，在丈夫的养殖场工作。给牛挤奶，给羊剪毛，快手上的视频更得越来越少，做滴滴司机的日子恍若隔世。现在的她，夜里 11 点到零点的时候，会在场里转转，"把牛轰起来，让它们多吃点"。

海洋会和丈夫谈起过往，有时还会哭。坐在驾驶座上，一天超过 12 个小时，会遇到形形色色的人。很多都是擦肩而过，很多对话毫无意义，但偶尔也会有些话留在记忆里。做滴滴司机，意味着随时可以开始，随时可以结束，但海洋作为女孩最好的 3 年，消失了。

"怪自己傻，总是心软，也不知道这段经历是好是坏。往好了看，至少通过开滴滴，做快手视频，认识了现在的老公。"海洋怀孕了，丈夫是她的快手粉丝。说起自己不再更新的原因，她羞涩地说:"村里有好多人,包括我老公的亲姑姑、弟弟都认识我,我脸皮薄。"现在,她住在海边的村里,也没机会再开滴滴。"就想睡个懒觉,过上再也不用还钱的生活。"

在做接警员的日子里,朱朱业余时间开通了普法账号,在政务自媒体还没流行的日子乘上了风口。起初,她不会剪辑、后期,只能一遍一遍重复录,一条视频要花3个小时。但渐渐地,朱朱账号的影响力与日俱增,甚至因为单条视频涨粉260万。作为"警花"的朱朱,成了浏阳市公安的一张名片。

同时,由于账号做得好,她也被组织从指挥中心调派到负责宣传的政工室。每天晚上哄完女儿睡觉后,她会打开电脑,写下一条视频的文案。朱朱的职业轨迹被彻底改变了,她的战场从接警台,转移到了屏幕前的方寸天地。

从朱朱现在办公的地方望出去,是浏阳的观景台。浏阳是中国烟花之乡,而且不禁燃,以往节假日的23点到零点正是烟花典礼的高潮。离开接警员队伍的朱朱,终于有时间坐下来,尽情欣赏漫天的烟花,和她心中干净、灵动的浏阳夜晚。

做灵车司机,也彻底改变了王亮。现在他不再穿大红大紫的衣服,因为怕对逝者不敬,也不再笑。渐渐地,这种为人处世的方式成了他的习惯,回到自己的生活里,他也不爱笑了。只有偶尔面对镜头的时刻,他会重新捡起自己的笑声:"直播的时候,好朋友们就跟我说别老板着个脸。我一笑,发现自己原来会笑啊。"

因为目睹了太多的意外,王亮变得尤其怕死、惜命。他感叹道,人这一辈子确实太难了。可能这个人上一秒还好好的,下一秒就永远地离开了世界。

"我觉得人能活着就是最幸福的。只要你活着,你就有更多的事做,就能实现更多想法。但人要没了,一切就都没了。"

(部分内容引自"故事FM"《接送尸体的人》)

**2019/08/14
23:05:20**

海洋

@ 我是 DD 海洋

床太奢侈了,只有这辆白色大众是她支付得起的移动小家。

**2019/01/04
23:09:07**

王亮

@ 接尸人

我觉得人能活着就是最幸福的。只要你活着,你就有更多的事做,就能实现更多想法。但人要没了,一切就都没了。

23:00-24:00
结束也是新的开始

2020/03/25
23:54:03

朱朱
@朱朱警官

普通人会本能地摘除生活中负能量的东西，轻装上阵；但警察不同，他们只能像收垃圾一样，主动或被动地吸纳城市夜里辗转反侧吐出的臭气。

图书在版编目（CIP）数据

浮生一日 / 人间后视镜工作室编著. -- 北京：中信出版社, 2022.1
ISBN 978-7-5217-3373-0

Ⅰ.①浮… Ⅱ.①人… Ⅲ.①故事—作品集—中国—当代 Ⅳ.①I247.81

中国版本图书馆CIP数据核字(2021)第144787号

浮生一日

编　　著：人间后视镜工作室
出版发行：中信出版集团股份有限公司
　　　　　（北京市朝阳区惠新东街甲4号富盛大厦2座　邮编　100029）
承　印　者：北京启航东方印刷有限公司

开　本：787mm×1092mm　1/32	印　张：9.5	插　页：7	字　数：156千字
版　次：2022年1月第1版	印　次：2022年1月第1次印刷		

书　号：ISBN 978-7-5217-3373-0
定　价：66.60元

版权所有·侵权必究
如有印刷、装订问题，本公司负责调换。
服务热线：400-600-8099
投稿邮箱：author@citicpub.com
声　明：感谢各位用户朋友对本书提供内容支持，我们已努力沟通与核实所使用图片的版权人信息并获得授权，若有遗漏，请您联系我们jianxiaojun@kuaishou.com。